偶尔可恨,永远可爱

著 | 初小轨

北京时代华文书局

图书在版编目（CIP）数据

偶尔可恨，永远可爱 / 初小轨著. -- 北京：北京时代华文书局，2019.8
ISBN 978-7-5699-3123-5

Ⅰ. ①偶… Ⅱ. ①初… Ⅲ. ①随笔－作品集－中国－当代 Ⅳ. ① I267.1

中国版本图书馆CIP数据核字（2019）第145830号

偶尔可恨，永远可爱
Ouer Kehen Yongyuan Keai

著　　者｜初小轨

出 版 人｜陈　涛
选题策划｜石乃月
责任编辑｜石乃月
封面设计｜新艺书文化
版式设计｜王艾迪
责任印制｜刘　银　范玉洁

出版发行｜北京时代华文书局 http://www.bjsdsj.com.cn
　　　　　北京市东城区安定门外大街136号皇城国际大厦A座8楼
　　　　　邮编：100011　电话：010-64267955　64267677

印　　刷｜凯德印刷（天津）有限公司　022-29644128
　　　　　（如发现印装质量问题，请与印刷厂联系调换）

开　　本｜880mm×1230mm　1/32　印　张｜7.5　字　数｜172千字
版　　次｜2019年10月第1版　　　　　印　次｜2019年10月第1次印刷
书　　号｜ISBN 978-7-5699-3123-5
定　　价｜42.00元

版权所有，侵权必究

目 录
CONTENTS

Part 1 / 要多努力,才能出人头地

要多努力,才能出人头地 / 003

美貌是优势,也是陷阱 / 009

情商到底是个什么东西 / 016

你有多久没死磕过一件事儿了 / 021

你越努力,世界越公平 / 026

无法妥善应付生活的人,当然戾气重 / 031

如何干翻这个看脸的世界 / 036

傻人有傻福,但傻货没有 / 041

愿你出走半生,归来十分有钱 / 046

Part 2 / 远离消耗自己的男人

我"到岁数"未婚,懒得招惹别人,
也不想被招惹 / 053

懂事儿的女人，比会闹的女人更可怕 / 059
单身久了，心里的小鹿好像老了 / 066
远离消耗自己的男人 / 073
不够喜欢，就会无限放大对方的缺点 / 078
好的伴侣，不会让你越来越自卑 / 085
"你忙吧"，是女人最大的谎言 / 090
你哭够了没有？哭够了，我就挂电话了 / 096

Part 3 / 她只是不喜欢你

你不满足她的条件，
也许只是因为她不喜欢你 / 103
你不是孩子气，是懦弱 / 108
"我想分开一段时间。"
"不用了，直接分手吧！" / 114
强扭的瓜不甜，但是解渴啊 / 120
当每次送礼物都变成了要礼物 / 125
为什么你总把持不住跟姑娘鬼混 / 130
到处撩骚的男人，为什么不能要 / 135
有老婆不用的男人，是不爱了吗 / 141

Part 4 / 所谓白首,都在努力

好的爱情,你还是你,我还是我 / 149

所谓白首,都在努力 / 152

"朋友圈"的江湖生态 / 157

我们并不一定需要最适合我们的 / 163

不要做撂完狠话就拉黑、关机的那一个 / 168

这世间一辈子不淡的爱 / 173

婚后是不是谁有钱听谁的 / 177

父母反对的婚姻到底有什么道理 / 182

Part 5 / 成人世界的分寸感

和好容易,如初难 / 193

跟有些人当不成朋友,不是你的错 / 199

你不在家,我跟你爸随便吃了点儿 / 205

删掉的好友,就不要加回来了 / 210

点赞之交,不点赞了还交不交 / 215

不要滥用友情 / 219

再好的朋友,也论功过 / 223

高考完建议去做的16件事儿 / 228

Part 1

要多努力，
才能出人头地

要多努力，才能出人头地

1 |

有一天晚上，我二刷《穿普拉达的女王》，感受到了一点儿之前没注意到的共鸣。

职场菜鸟Andy侥幸谋得时尚界女魔头Miranda第二助理一职。

但无论她怎么努力，都得不到半句肯定，甚至有一天，还被Miranda羞辱了一番，那是一种"我果然还是高估你了，原来你也不过如此"的结论式羞辱。

Andy跑到人事高层Nigel面前哭诉，表示自己已经很努力了，她到底还想怎样……总之一通委屈的抱怨。

Nigel冷冰冰地说："好啊，那你可以走啊！你以为你尽了全力在工作，其实你不过是在应付，而不是在努力。如此多的人在为这个事业拼命，你却对它毫不关心，反而希望你的老板亲吻你的额头再赏你一颗五角星。"

看到这里，突然心头一紧。

刚毕业那年我就看了这部电影，当时觉得什么狗屁时尚界一姐，什么狗屁人事高层，都是bullshit。他们都是站着说话不腰疼，根本不知道这样要求Andy压根儿就是对新人的无理刁难，甚至他们都没看到她已经付出了那么多的努力。

现在再看，竟然对Andy没有丝毫的同情。

而且还在屏幕前骂了一句——蠢货！

骂出这句的时候，我突然意识到，不知道什么时候起，自己已经慢慢变成了结果导向的评判习惯。

这些年，从职场转战全职写作圈子，看似是没了人事斗争的复杂，其实一秒钟也没有离开过被比较、被PK的竞争氛围。

当你的努力，得到了那么一丢丢拔群的成果，你就不会再同情那些自我感动式的小儿科努力。

2 |

当初入职一家翻译公司时，我就品尝过Andy式的委屈。

当时公司手上有一个体育赛事的项目，在南京，而我刚好负责市场部的品牌工作。

老板把我叫到办公室，问："你们部门最近准备的公司宣传片素材够用吗？南京正好有项目现场，你需要去一趟拍点儿新素材回来吗？"

我暗爽，赶紧点头说："需要。"

三天后，老板提着豆浆经过我工位的时候，突然停了下来，诧异地看了我一眼，然后把我叫到了他的办公室。

"你怎么还没出发？不是要去趟南京吗？"他问道。

我迟疑了一下，点头说："对，要去的。"

他更不解了："那你怎么还不去啊？几号出发？去几天？"

我憋得满脸通红——我从小就特别恶心这种连续发问式的质问性语气。

老板看我不说话，语气缓和下来："你是有什么问题吗？"

这下我可绷不住了，老爷子终于意识到自己的问题了吧，哼。

于是我理直气壮地大倒苦水："老板，我才入职公司三天，已经忙得晕头转向。新公司的logo设计、口译部要的项目PPT、媒体要的通稿，都弄完了。至于您说的这事儿，南京那边的同事我一个也不认识，也没人告诉我要对接谁。吃住行的安排、什么时候出发、待几天，这些差旅方面的标准我一无所知，是不是该有个人告知一下？毕竟我刚入职。"

老板一下皱起眉头来，一字一顿地说："你怎么会有这种想法？市场部是你在管，所有的工作你只需要给我结果，至于你在过程中做了哪些工作，不需要告诉我。你说的这些问题，你自己想办法解决。你不去做，你在等谁？什么都等别人替你想，那你的工资也让别人替你领得了。"

这给我气的。

虽然回去后我当天就"吭哧、吭哧"地把这些事儿理清楚了,后来也把工作顺利搞定,但我还是有些记恨他。

我觉得公司文化一点儿人情味儿都没有。

直到跳槽去了下一家公司,我才知道这职场上的人情味儿是多么没必要。

离开那家公司时,我养成了一种少问愚蠢的问题、凡事主动出击的工作习惯,然后带着这种不自知的"厉害",在新公司混得如鱼得水,扶摇直上。

你觉得自己努力了就很了不起吗?

你觉得自己付出了就该被尊重吗?

别傻了。

赢家的游戏规则是,你付出过多少努力,还能不能撑得住,受了多少委屈,我不关心。我只关心你最终出现在哪个位置上,然后选择尊重你,或者无视你。

3 |

减肥励志大妞灿灿曾跟我说过一个规律。

一个姑娘,往往在微胖的时候,所有人都说你身材正好,不用减。这个阶段,每个人对你的原谅度都很高。

但是,如果你真的信了他们的邪,纵容自己胖下去,那你的结果一定是,突然有一天,所有人看到你时都在惊呼:"你怎么胖成这样了啊！"

不要相信旁观者口中说的那些"哎呀，你已经够努力了""哎呀，你已经够瘦了""哎呀，你的提案已经很完美了"。

身材够不够好，提案有没有瑕疵，加班有几分成效，你比任何人都清楚。

而当下的一切有没有达到你的预期，这才是你努力程度的对标参考。

就像李嘉诚说的，不要听"亲朋好友"的话，世界上99%的人都是平凡人，他们的建议只会让你成为平凡的人。

4 |

有很多瞬间，我们会发现，努力到一半突然不想努力了。

我们彻夜地加班，身兼数职，顺利的话也只不过是在北京攒个首付，而办公室新来的实习生家里一下拆出来三套房；我们为了保持身材一年多没吃过肉了，而同寝室的小姐姐每天半夜都吃上一大碗泡面，依然是魔鬼身材，百吃不胖。

不要跟努力讲条件。
同样的东西，就是有人唾手可得，有人只能付出更多。
这世上的人，生而不同。
有人生下来就是天才，有人生下来就很普通。

有人活着的意义就是野心勃勃、改变世界,有人活着就是为了有车有房、嫁得所愿。

出发点不同,目的地也不同。

所以,你问努力到什么程度就可以出人头地了,其实是个伪命题。

有人觉得现在的日子就很好,有人觉得其实还可以更好。

在出发点和目的地之间,大部分的时间,其实是花在了等待上。

等待的过程,就像是只跑完一半的马拉松,看似前路无期,实则每一步都构成你的终极胜利。

就像是日剧《我命中注定的人》的经典台词一样:一切命运的安排,都是建立在你付出努力的基础上。

那些"越努力,越幸运"的馊鸡汤,也不是没道理。

但剩下的路,你明白也罢,不情愿也罢,都得靠你一步步走完,你才能至少成为一个可以靠努力改变命运的人。

美貌是优势,也是陷阱

1 |

有个特别好看的大一女孩儿(至少从照片上看来,是这样子的),最近收到了一位一线富人抛来的"橄榄枝"。

她说,这个一线富人,你可能还听说过呢,总之他很有钱,也很有名,他想包养我,一年100万,还不算上买衣服、鞋子、包包花掉的钱嘞!

我不客气地反问:"你是不是已经跟他上过床了?"

她吓了一跳,迟疑了一下,还是承认了:"你怎么知道的?"

"我怎么知道?你提问时候的口气,分明流着一种得了好儿后不想醒来的哈喇子啊!"

姑娘直接下线了。

我猜她跑来本是想问我,女孩儿有长相上的优势,可不可以走一下

"捷径"的,但事实上,她已经想好要走这条道了。

这种情况,我劝不住,也没什么好说的。

大道理谁不懂,甚至说句"毁三观"的话,三五年之后,被富人玩儿够了,你带着几百万的存款,远走他乡,那个时候,来路不正的钱和干干净净的钱,到底有什么区别?

我不但不否认美貌带来的先天优势,甚至承认,皮相好的姑娘,确实比资质一般的姑娘活得容易一些。

但这世间的"捷径",也不是什么太轻松的选择。

那些被你称为"捷径"的路子,往往都是你不愿跟别人摊开来说的隐秘伤口。

这些伤口,岁月没办法帮你缝合,反而会随着时间的流逝,慢慢发酵成威胁你岁月静好的光鲜陷阱。

像风铃一样,不管响还是不响,怕是都给不了你片刻的安宁。

2 |

我羡慕过一个可以封神的同龄女生。

当年毕业季找工作的时候,我们个个都奔走在全国各地的招聘会上,每天挤着公交,吃着鸡蛋灌饼,努力在一份几千块钱的工作面前兜售着自己最出色的一面。

唯独她,实习期在一家公司一亮相,就惊艳了公司老板。

姑娘漂亮到什么程度?

老板的婚,是为她离的。

她未出一兵一卒,只是这么出现了一下下,老板就决定必须明媒正娶得到她。

就这样,她没工作一天,就直接嫁给了身家上亿的民企老板。

那个时候还没有朋友圈这样的东西,我估计如果有的话,我们晒的,必然是饭盒和加班,而人家晒的,只能是爱马仕、宝宝和一张温润如玉的脸。

你以为接下来我要讲一个五年后她被遗弃的转折性故事吗?

不不,你想多了。

五年后,她依然过得很好,婚姻稳定,孩子上幼儿园,她还是有吃有穿的全职太太,甚至名下有独立房产,都是拿她老公给的零花钱投资出来的。

我后来就想,其实现实就是比鸡汤残酷,人家走了"捷径",看上去也没受到什么惩罚。

那些鄙视吃青春饭的大道理,大概都是先天不足的后天努力者自我安慰的逻辑罢了。

直到有一次,她带孩子旅游路过我的所在地,约我出来坐坐。

聊起这些年的日子,她眼睛里黯然闪过一丝无奈。她说,一开始不懂事儿,觉不出什么来,上了年纪就慢慢意识到,这种直接被人养起来的生活,家庭关系会慢慢出现一种说不出的微妙感,那就是看似大小事他都有跟你商量,其实只是走个过场而已,但你又不敢捅破这种虚伪的尊重,因为你会害怕,挑明了之后,人家连这个过场都不肯跟你走了。

所以，你说美貌换来的富足，跟自己打拼来的富足，到底有什么不一样？

如果你不在意这些感受上的东西，那没什么不一样。但如果你本性单纯、思虑细腻，这些细节上的微妙，就足够折磨得你寝食难安。

3 |

一个富二代姐妹，被她爸爸领到家族企业的第一天，就被她爸爸"约法三章"。

第一，她可以在公司里耍大小姐脾气，但唯独不能对丽姐。

第二，她可以驳任何人的面子，但唯独不能不尊重丽姐。

第三，她可以自由支配上、下班时间，但丽姐安排的事儿必须要优先办完。

"丽姐"这个、"丽姐"那个的，她都纳闷儿这个"丽姐"是哪里来的天仙，能把她爸爸迷惑成这样乖巧的样子。

所以第一天入职，她就去丽姐所在的销售部故意转了一圈。让她惊讶的是，这个"丽姐"，是一个个子矮小、身材干瘪的中年女人。

真是匪夷所思。

直到年终总结大会时，她去她爸的办公室找零食吃，看了一眼财务报表，发现公司的利润，有80%是这个"丽姐"签下的单子带来的。

她还是嘴犟说，吃老客户，有什么可炫耀的。

她爸爸微微一笑，说，正好丽姐在陪同采购部谈判下一年的进货定价，你去旁听一下吧，不用敲门，就直接进去找个位置坐下来听听就行。

她还真去了。

出来后，她直奔老爸办公室，不屑地说："这种锱铢必较的女人你还要当个宝？一点儿都不局气，成不了什么大事。"

"此话怎讲啊？"老父亲笑眯眯地问道。

"为了让供货方每公斤再降5分钱，她竟然能从我进去一直磨到我走。"她愤愤然。

老父亲直接拿出计算器，"啪啪"摁了几下，摆出一个数字给她看。她一看吓了一跳，每公斤5分钱的差价，都能给公司一年省出上百万的利润来。

从那儿以后，她见了这个丽姐，都屁颠儿屁颠儿的。

同样的东西，有的人一出生就到手，有的人拼了命也能到手。

但人们总归是更看得上靠实力说话的人。

只要你足够重要，你就会被人忌惮，不管你是貌若天仙，还是完全不起眼儿。

4

叔本华有一个著名的钟摆理论。

大概的意思是，人生就是在痛苦和无聊这二者之间像钟摆一样摆来摆去：当你需要为生存而劳作时，你是痛苦的；当你的基本需求得到满足之后，你会感到无聊。

我觉得这个理论能很好地解释我们对于"捷径"的理解。

这世间的捷径根本走不完，因为人活着会随着一个个问题的解决不断地出现瓶颈期，你走了一个捷径绕过去了，未解决的瓶颈还会以别样的形式出现在你未来的世界里。

捷径可以解决当下痛苦，但不能帮你解决上了一个阶层后的无聊。

你只有选择自己认可的方式去走每一步路，你才能在痛苦和无聊之间找到最适合你自己的长久平衡，你才既不会陷入无能的痛苦，又不会卡在无聊的空虚中。

5 |

退一万步讲，多数人的美貌程度，根本达不到倾国倾城的地步，最多也就是走在路上有男生愿意主动帮你搬搬箱子的地步。

而仰仗一点儿相貌上的优势，就幻想一生无虞的姑娘，基本都是在自断退路。

美貌，从本质上来说，其实只能算是一种天赋。

而多数人的美貌，只能算得上一点儿小聪明，还到不了天赋的程度。

小聪明的害处很多，最常见的一种，就是聪明反被聪明误。

尼采在《曙光》里说，不要因为自己没有天赋的才能而悲观：要是觉得自己没有才能，就去学习一种。

我觉得，人家尼采说得才靠谱。

情商到底是个什么东西

1 |

一个读者突然问我:"轨姐,我该如何提高自己的情商呢?"

我问她:"发生了什么让你觉得自己情商低呢?"

然后她告诉我,转组织关系因为没提前打招呼挨骂,毕业后找工作高不成低不就还让爸妈跟着操心。

我突然觉得,好像很多人对"情商"这个东西有一些误解。

给你们讲个故事。

我去母校举办新书宣传会的时候,一个喜欢我很久的小姑娘(也在粉丝群里,叫她小T吧)听说这件事儿后比我都高兴。但因为对接节奏上不太流畅,导致预热宣传不足,下午四五点钟的活动,直到两点多,宣传展架还没有摆出去。

她发现这件事后,竟然立即跟我的编辑一起去印了一些小传单,在人流量大的地方到处发,分文不取地为我的活动做着最后的人气补救。

我到达活动场地的时候,工作人员递给我一瓶水,我礼貌谢过。

工作人员笑着跟我说:"你谢小T吧,她给我们工作人员一人买了一瓶。"

我吃了一惊,小T当时还只是个说话都会脸红的在校学生,做事居然能如此果断,甚至可以周全地在自己承受的范围内考虑到在场的每一个人。

事后我给她发红包表示感谢,她坚决不收,说自己能帮到喜欢的作者,真是特别开心。

就是这么一个我认为情商了得的小姑娘,前不久却来向我诉苦。

她说工作期间领导不太喜欢她,连一起进公司的新同事都会对她随随便便甩脸色。她把这些不如意的原因,归结为自己不会说话,情商不够高。

好好的姑娘,怎么一个个都中了"情商"的毒呢?

"情商"这个东西,一部分是性格中的天赋,一部分是红尘中的历练,你不可能立马改变性格,也没办法瞬间变得八面玲珑。

所以,不要随便相信那些"几招教会你说话"的鬼扯。

情商高不代表人家就知道觍着个大脸"会来事儿",情商低也不单单是因为你不爱说话导致的"不讨喜"。

"情商"这个东西,归根到底还是阅读与历练带给一个人的分寸感与进退感。

2

我曾在大理偶遇某个自己很喜欢的男演员,彻底颠覆了我对情商的理解。

他演技没得说,至少我打心眼儿里很肯定他这几年的成长与纯熟。

他时不时地会去"知乎"答题,既有条理又亲和,理应是个有品有趣的人。

他面对媒体镜头的时候,语速不紧不慢,总是带上自己欣赏的演员,抬高一下别人,再"黑"一下自己。

当时我觉得说他"德艺双馨"都不为过。

那天他的剧组来大理拍戏,碰巧跟我看了同一场次电影。

当时影院排档出了问题,票卖重了,本来已经包给剧组的票,同时挂在了网上出售,导致他们剧组和我们二三十个散客同时买到了同一个影厅。

因为很多人都是安排好了时间才来看这场电影,所以无论剧组还是散客都以自己是买了票的为名,互不相让,谁也不肯出去让给对方先看。

这时,剧组里管事儿的一个姑娘,竟然霸气十足地嚷嚷着要把我们统统"清出去"。

就这一句话,让现场的散客炸毛了:都是大活人,都是买了票入场的,有话就不能好好说?你们是剧组的工作人员就该比这些大学里的学生、来旅游的游客金贵?于是本来的商量变成了激烈的对峙。

影院负责人急得赶紧询问大家的撤场条件,力求去协调解决。

遗憾的是，这个时候，我曾喜爱的男演员，戴着墨镜朝着影院负责人大吼了三声："你别说话，让她说！"

在这种情况下，这位"德艺双馨"的男演员，竟然让一个情商是负分的"自己人"继续代表剧组激化矛盾？

就这么一个瞬间，我突然意识到，"情商"这个东西，根本不在于你在大众面前抖了一个怎样满分的机灵，也不在于你能不能在媒体面前表现得谦和有礼，更不在于你拼命包装成一个怎样讨喜的"人设"。

真正能让我们看到情商的，只是你如何在普普通通的生活中化解了一个本不需要针锋相对的矛盾，只是你是否能够心平气和地去尊重他人的立场。

稍微有点儿名气和金钱，就膨胀，就欺压轻视别人，你可能连最基本的做人都没做明白，就别急着去谈什么情商了。

就像歌德所说，了解自己最好的方式，不是沉思，而是行为。

3 |

经常会有朋友跑到大理来找我玩儿，其实我还算好客，但有时候接待朋友的频率高到一周四拨，整个人就会渐渐变得提不起兴致来了——这工作量都赶上专业导游了吧，体力和精力根本就跟不上啊！

有一次，从北京飞来一个姐妹，不幸赶上我接连送走几拨"游客"之后情绪和精力都最低落的时候。

本来说好了三天都陪她玩儿，路线都想好了，结果头一天送她回酒店休息的时候,她就说:"明后天啊,我想自己逛逛,你就别跟着我了,免得挡了我的艳遇。今天谢谢你们啦!"

厚颜无耻的我虽然嘴上一再挽留,心里还是如释重负,庆幸有这么一个省心的姐妹能让我喘口气歇歇。

回去的路上,我眉飞色舞地跟朋友说:"这姐妹玩儿得可够大呀!"

朋友说:"你真以为人家要艳遇去了啊?你中午在饭桌上码字没吃上热饭,人家都看在眼里了,人家这么说是为了让你心里别过意不去啊!"

我顿时心里"咯噔"一下,想到她来大理之前自己就订好了酒店,住进去之后才给我打电话,也是怕我接机给我添麻烦,还怕如果问我住哪儿好我会掏钱帮她订酒店。

我暗暗欣慰自己能有这样一个高情商的朋友。

你突然飞去一个地方,以为自己给了对方一个惊喜,所以就该让对方花钱花时间24小时全心全意为你服务?

先不说你们的关系是否到位,只要你介入了别人的生活节奏,必然会让对方产生不适感,这个时候的情商,则表现为你要主动感知他人的情绪,去主动化解对方难以启齿的尴尬。

多数人的表达,并没有上升到想什么就说什么的高度。

所谓话说七分,酒至微醺,就是给那些同理心强的人留下共情与体会的空间,主动去审时度势体谅彼此,并做出适当的举措。

所以,情商这个东西,本质上还是要洞悉人性。

你有多久没死磕过一件事儿了

1 |

前不久一位卖煎饼的大妈火了。

这位在北京黄金地段卖煎饼的大妈跟顾客起争执的时候,脱口而出了这么一句话:"我月入三万,怎么会少你一个鸡蛋!"

啊?月入三万?就靠卖煎饼?高贵的尊严碎一地……

"早知道这样,我还整天人模狗样地上什么班啊,我也卖煎饼去得了!"

你是不是一瞬间对摊煎饼这一行充满了无尽的向往与艳羡?

但我还是要说一声:你快拉倒吧!

你以为煎饼大妈月入三万怎么来的?

你能每天早起跟人抢摊位吗?你能推着煎饼摊子还跑得比城管都快吗?你能把面糊推圆吗?你能不厌其烦地一天说上八百遍"要辣不?加

肠不？"

你以为成就一个月入三万的"煎饼之王"靠的是什么啊？

是成千上万次摊饼技艺的练习！是一次次被城管撵得丢三落四的不言放弃！是机械重复工作的始终如一！是就算厌弃一个行业还是要死磕到底的王者痴魂！

而你，又有多久没死磕过一件事、一个人了？

2 |

还有一个做鸡蛋灌饼的大叔也走上了人生巅峰——因为直播做鸡蛋灌饼。

你可能想象不到，现在每天有两万多人在线看这位大叔直播做鸡蛋灌饼，经常有人跑来给他刷礼物，120块钱一辆的"汽车"，一刷就是四五辆。运气好的话，鸡蛋灌饼大叔的直播收入甚至能超过卖饼的收入。

一个跟我们爸妈差不多岁数的大叔，在很多同龄人还玩儿不明白智能手机的时候，他已经把直播玩儿得非常溜了。

记者跑去采访他的时候，大叔自称是"全山西省第一个放上二维码支付的人"。

大叔这说法有点儿绝对，但这依然能说明问题。

十几年如一日的卖灌饼生涯并不是弹指一挥间就能过去的，在这期间，大叔一直保持着最敏锐的嗅觉与最开放的心态，随时更新自己的灌饼营销系统，放支付二维码、玩直播、研制独家秘制的酱料……而不是今天觉得做灌饼没意思，就扔下这一摊子改行卖麻辣烫；觉得麻辣烫无聊了，又扔了刚积攒下来一点儿客源的生意，去眼馋人家卖烤肠的。

这世上的三百六十行，没有哪一行是做久了也不会让人厌烦恶心的。

但那让你厌烦恶心的临界点，恰恰正是精英与半吊子的分水岭。

天底下哪来那么多船到桥头自然直的好事儿。

你必须深入，必须改善，必须死磕解决一个又一个问题，才能在某个领域内拥有专业水平的正向积累。

3 |

有个刚毕业的男生，微博里私信我，说感觉自己就是一个一事无成的"废柴"，这几天请了事假躲在家里不想上班，这工作是家里好不容易花钱托关系找的，他干了两天觉得很不喜欢，但如果不继续干下去，又怕爸妈会失望。

我说，不喜欢没关系，那就靠自己的本事去找个喜欢的就好了。

他说，我找不到啊！

你找不到——

你找不到还敢躺在家里让自己这么烂下去?

你找不到还不抓紧时间让自己积攒点儿能找到心仪工作的能力和本事?

你整天躺在家里抱怨自己一无所有就能找到喜欢的工作了?一遇到不会干的活儿就哭丧着脸说这份工作我不喜欢,这样日子就能一天天变好了?

很多年轻人的迷茫和沮丧,都是逃避惯出来的臭毛病!

你还这么年轻,去折腾啊!

酸甜苦辣、爱恨情仇、人生起伏,都是你这个年龄该去经历的。

谁不是翻着跟头、吃着亏,摸爬滚打一路过来的。

你什么都不去做,光想着万一交了钱学不会怎么办啊?万一浪费了一年发现这个工作还是不喜欢怎么办啊?万一……

别躺那儿想"万一……"了!

逢山开道,遇水搭桥。

去做决定,去向问题死磕,去吃透一个领域,否则就算是老了,你也只是一个活得没有尊严的"老废柴"。

4 |

《一代宗师》里宫二和大师兄死磕,宫二说了这么几句话——

这辈子,我成不了像我爹那样一天一地的豪杰。可我不图一世,只图一时。该烧香烧香,该吃饭吃饭,该办的事,天打雷劈也得办。

同样一个行业,同一年出道,差不多的出身,人家已年入百万、身居高位，慢慢拥有了抵御世事无常的能力；而你还在啃老乞怜，三天两头忙着找工作、换工作，慢慢步入了无力回天的中年危机。

为什么？

你心里可能压根儿就没有过什么天打雷劈也得办的事。

你没跟任何困难死磕过，你又哪来的反戈一击的能力。

你越努力,世界越公平

1 |

前几天注意到这样一则新闻上了热搜:

一位北大教授的收入终于赶上了明星,靠着网络专栏的订阅,年收益超过3500万。

和这位北大教授作对比的,是这一档的明星收入。

可以说,全国人民看到这条新闻简直是喜极而泣了:真解气啊,你们"小鲜肉"终会过时,我们的知识才会永恒!

但也有另一种声音扎了千万老铁的心:这只是少数,多数读书人还是很穷,这个社会不公平。

点赞者众多。

可能大家都对这种扭曲的现状感到了愤怒——

凭什么明星接个一句话的代言就能秒入千万,老子寒窗苦读这么些年,好不容易毕业了,还每天睡在隔断间?

凭什么你露个脸就有几十万的出场费,老子却要为了签单在烈日下奔走,点头哈腰,到手才不过千把块钱?

没错,这个世界就是不公平,总有人轻而易举地得到你一生追求的东西。

但是,如果这位北大教授,安其一生,不关心内容经济,不接纳新生事物,不承受"不务正业"的舆论压力,不做知识付费的先行尝试,不在讲台上花上几十年打出一个声震天下的名师头衔,他凭什么一做线上课程就能获得众多拥趸的信任?他又凭什么从众多老师中冲出来获得收入跟明星打平的公平?

物竞天择,弱肉强食。

这世界就是要让那些每天怨天尤人,不去强大自身的人被蚕食、被碾压,让那些更拼命、更努力的人分到更多的资源,拥有更多胜算。

不公平,正是这个世界最大的公平。

2 |

我刚毕业那年,经常跟一位姑娘一起去西单逛街,她曾在我文章中出镜,我叫她小野姑娘。

每当我想要去"西单明珠"划拉点儿便宜货,小野姑娘都要拼死拦住我,转身把我拉进王府井百货,吓得我只敢看不敢摸。

这时候小野姑娘就会揶揄我:"不是让你穿得好一点儿再出来吗,

你非要穿成这样,能不露怯吗?"

我纳闷儿:"穿什么逛街有那么重要吗?"

她坚定地回答我:"当然重要!你得先给自己提气啊!服务员可都是识货的,你穿得上档次,气质也好,她们就欢腾地巴不得你多试几件,就算你不买,也很好脾气地跟你说'欢迎下次光临'。你要是穿得随随便便,你刚拿起一件衣服来,人家就赶紧拿价格恐吓你,警告你买不起别乱摸!"

我只能表示服气。

这世界的法则就是看人下菜碟,看不惯也没用。

与其骂他们狗眼看人低,憋一肚子气扫兴而归,不如先给自己提提气,优雅地装上一把,让他们云里雾里不得不敬你三分。

越有社会地位的人,越有"特权"被人敬着。

候机有VIP候机厅,去银行存款有大客户通道,去医院看病有专人领着全程绿色通道。

就像是俞敏洪所说:只有你努力了,有了资源、有了话语权以后,你才可能为自己争取公平的机会。

你不努力,永远不会有人对你公平。

抱怨没有用,你只能通过努力去掀翻这些不平衡。

3 |

很多姑娘整天忙着给她们的男人传送一些"鸡汤",希望他们看到之后对自己的态度能够有所改变：

"我是你两首歌就骗到手的姑娘，也是你十座城市换不回的人！"

"我都不想结婚了，你还想着娶个保姆？"

"婚姻中最该富养的是妻子！"

……

传送完之后，继续吃吃喝喝，继续伸手向男人要钱，继续嫌单位领导太苛刻、工资太少，待在家里整天刷剧。

所以，你给男人灌两勺"毒鸡汤"他就幡然醒悟，突然对你倍加珍惜了？你说富养老婆很重要他就一下子心甘情愿把钱都往你身上砸了？

别傻了！

现在的男人精着呢！

一个女人价值几何，其实他们心里门儿清。他料定你不好找下家，才肆无忌惮地去伤害你；他有把握你离不开他，才一次次地夜不归宿，连原因都懒得告诉你。

你不要试图在自己的贬值期跟对方对赌良心上的公正。

你任由自己变得邋遢，你经济不独立，就是自己不肯努力。都说成人世界没有"容易"二字，你竟然还在做什么嫁给你你就要负责养我一辈子的春秋大梦？

男女关系里，也讲公平。

你高挑美丽、气质端庄，买得起任何想要的东西，你就有跟对面这个男人谈公平的资本。

否则，等到他出轨的时候，还不要脸地嘲讽你一句"有本事你也出啊",你才惊讶地发现自己这些年除了懒惰发胖,什么像样的异性都不认识,那时候你估计得绝望死。

不想做男人的附属品,你就要去努力。
你想拥有做自己喜欢的事的权利,你就要去努力。
你不想迎合一个男人的喜怒哀乐而苟活,你就要去努力。
你想在不爽的时候马上让他滚蛋,你就要去努力。
这种有关公平的努力,任何人都不可能替代你去完成。

4 |

公平是多劳多得、成王败寇,不是"不患寡而患不均"。
别以为祖国富强了,你二大爷有钱了,他就会平摊给你点儿,这可不是这个世界的公平,你也等不来这种公平。
聚光灯下的辉煌太小,璀璨处容不下凡人。
你觉得别人对你区别对待,很有可能是因为你还没达到让他们公平对待你的档次。
抱怨没用,眼红也没用。
你越努力,世界越公平。

无法妥善应付生活的人，当然戾气重

1 |

昨天跟一个朋友吃饭的时候，她说起一件在飞机上遇到的气人事儿。

飞机上了平流层之后，她适当调了一下座椅靠背准备小憩一会儿，结果后背被"咣"的一下砸得震山响，这"隔山打牛"的功夫让她差点儿一口老血吐出来。

她疼得龇牙咧嘴地回头，发现一个中年男人正在恶狠狠地瞪着她。

"那目光，我跟你讲哦，绝对能吃人，太吓人了。"她心有余悸地说。

"那你有没有跟他吵架？"我马上紧张兮兮地追问。

"没有没有，我比较怂，一看打不过这块头的爷们儿，就乖乖调直了椅背，一路都绷直了身子坐过来的，这给我累的。"

"嗯，幸亏没有。"我长舒一口气。

她诧异地看着我,半天问了句:"我以为你会笑话我呢!明明是他不对吧,有话好好说啊,干吗上来就动手,还男人呢!"

"那这些话你怎么不敢跟他理论?"

"我不敢……"

嗯,不招惹就对了。

因为戾气重的人,内心都非常敏感。

你给了这种人回应,就等于给了他们发泄阴狠情绪的渠道。

2 |

认识一个戾气很重的读者,她骂过的人很多,包括我。

起初她来骂我,是因为她留言了问题,半小时内没收到回复——可能在她看来,全世界都欠她一个"秒回"。

她骂我装清高、假正经,还不忘在后边加个"婊"。虽然我至今没搞明白她为何骂我假正经,毕竟我明明在致力于假不正经,但无论如何,这并不妨碍我跟她谈一谈。

她看到我回复后,竟然立马向我道歉,并表达了对我的喜爱,这下我可就不太高兴了,这姑娘也太没原则了吧!

事情是这样的——

她最近发现了自己的可怕。几天前,她把一件超喜欢的礼服挂在床头,在准备穿之前,发现了裙摆上的泥点子,她朝着寝室狂吼:"谁干的!"

没有人回应。

她当即就火了，此处省略一万个脏字，并在最后吼出了"谁给我弄脏裙子谁死全家！"

没错，她用了"死全家"三个字，来诅咒一个可能只是无意中弄脏她裙子的同寝室室友。

说完她就后悔了，觉得自己万恶。但目前的状况是，她没有找到"凶手"，还被大家孤立了，女孩子的嘴也都碎点儿，所以这事儿还传遍了整个系，搞得她完全臭了名声。

她问我该怎么办，是不是要讨好大家求原谅啊？可是如果大家不原谅她该咋办呢？

我问她："最近是不是遇到什么不顺利的事儿了？"

她几乎用膜拜神算子的口气问我："姐！你怎么知道的？我四级考试没过！"

我哭笑不得。

有些人其实并不坏，只是在生活中遇到问题时，不去解决，持续抱怨，时间久了，就会变成一种失控的戾气。

这种戾气，本质上是因为无法妥善安置自己而变异出来的病毒。

3 |

不如意的人，总要找一个发泄不满的出口，要么是网络暴力，要么时刻准备着攻击身边遇到的每一个人。

他们会因为一点点未解决的日常问题，就臆想出来一种被迫害的自我处境。

为了"保护"自己，他们党同伐异，非友即敌，站队争斗，主动攻击，瞅谁都觉得不顺眼。

公交车上你笑得太爽朗，对他来说是冒犯；买衣服讲价，对他来说是故意挑衅、浪费时间；你消息回得有点儿慢，对他来说是你看不起人，故意要他难堪。

一个眼神、一个动作、一个笑容，都可能触怒他们。

这种人，会把所有不帮助自己的人，统统认定成一定会加害自己的人。

这种人，就像是一团可以行走的戾气。

这种人，永远向问题妥协，却伪装成一个以"自保"为名到处刺伤别人的弱者。

4|

如果我们身边的至亲是这种人，怎么办？不管吗？任由他自生自灭吗？

林清玄说，这么多年来，我同情那些最顽劣、最可怜、最卑下、最被社会不容的人，我时常记得老师说的：在这个世界上，关怀是最有力量的。

虽然说得很"鸡汤"，但的确是这个理儿。

并不是每个人都有能力去处理好生活中遇到的不顺，同样的日子，有人有办法过得有滋有味，有人就可能毁在了一次不悦的经历上。

那些浑身是刺的人，最缺的，往往就是身边人的一点点关心与鼓励。

得不到，最容易发疯。

他们看似厉害到人人见之而绕行，事实上，如果能闲看云起、笑对佳人，谁也不会愿意去做一个四处扎人的恶魔。

情绪过于紧绷，自然容易一言不合就失控。

而紧绷的根源，在于一次又一次的未解决与未妥善。

无法妥善应对生活的人，当然戾气重。

想要活得平和，还是得先安置好自己。

如何干翻这个看脸的世界

1 |

昨天在北京开完会，在酒店大堂跟一个女粉丝见面了。

她不辞劳苦从北五环跑到东四环，只为了当面向我提出一个问题：是否长相出众的女生或者男生比她这种相貌平平的成功概率更大？

我比较疑惑，因为面前这位姑娘虽说不上貌若天仙，但也肤如凝脂、娇小可人，说她是个美女也并不过分。

"你是因为自己的皮囊得了什么好处吗？"我问。

她一惊，羞涩否认："不是，不是，我是吃了亏的那个啊！我寝室有个女生，长得比我漂亮，校招的时候，她投了15份简历，收到了15份offer；我投了20个，就收到了3家，还是那种离我的住处特别远的单位。这个看脸的世界真是太不公平了！"

噗——看脸的世界。

"那她资质其实不如你，对吧？"我继续问。

"当然了。"她自信满满地流露出一股对漂亮姑娘的鄙夷。为了证实她自己说的是实话,她还掏出手机,把她跟她寝室舍友的电子版简历一起展示给我看。

我皱着眉头看了一眼,就找到了问题所在。

这姑娘的简历做得极丑,且不说字号太过傻大,表格都串行了,一页纸就能利索搞定的事儿,她生生用了将近两页。她室友的简历看上去就比较赏心悦目,照片选得虽算不上漂亮,衬衫马尾,但十分得体,字体和行间距都设置得很有设计感。

我不禁有些唏嘘。

看脸,很多时候只是失败者的一个借口而已。

脸好看确实会给你带来一点儿小恩惠,但长久立足靠的还是细节上的真本事。

2 |

讲真的,这个世界看脸,但不是只看脸。

首先讲一个"矮大紧"老师的故事。

高晓松喜得这个网名,还是源于把他名字中的三个字分别反义了一下。我喜爱高晓松老师多年,却从未见过他的风头有今天如此之盛,看过《奇葩说》的朋友们肯定"秒懂"。

不但网友,甚至高晓松自己在《晓说》节目里也在调侃自己的容貌。

岁月这把"杀猪刀",把高晓松雕琢成了一个"头圆项短"(《金瓶梅》中形容西门庆的遣词，高晓松曾拿来自比）的中年"矮大紧"。

然而这个"看脸的世界"并不能拿他怎么样，高晓松系出书香名门，博览群书，清华大学科班出身，虽然随着年龄渐长，他的脸盘愈发变大，体型愈发变宽，但言谈举止却愈发地收放自如。

高晓松读起《金瓶梅》来，都要认真核算一下当时的一两银子相当于今天的多少钱，触发的原因就是想弄明白武大郎那个两层小楼到底值多少钱，卖多少年炊饼才能挣出来这套房产。

研究并闹着，嬉戏并治学。

好看的皮囊千篇一律，有趣的灵魂万里挑一。

他读过的书，终于在岁月洪流中变成了他的血肉筋骨。

所以，他的一言一行，都构成了他的风骨，而越成熟的人，越是迷恋这种接地气的文化味儿。

高晓松活明白了，所以越活越平和，越活越谦卑，越活越招人爱。

改变不了与生俱来的基因，就去改变自己可以改变的部分。

3 |

美到"一顾倾人城"的脸，就像是上苍发的奖，能给你，也能收回。

高三那年，我同桌天天把胡歌的照片贴在桌头，背书背累了，就上去亲一口聊表爱意。

我问她："你爱胡歌什么呀？"她说："我爱他帅啊！"

当年她贴的，就是《仙剑奇侠传》剧照做的胡歌贴画。

不仅如此，她还频频给我洗脑，在她还没出过国的情况下，就十分坚定地向我传递了一个"胡歌就是全世界最帅的男人"的信念，并且只要我敢说一句微词，她就会马上拒绝继续跟我分享她妈妈送来的蒜薹炒肉。

那一年我埋头背书，没看过《仙剑奇侠传》，当时说喜欢胡歌，只是为了能蹭上一顿蒜薹炒肉。

直到胡歌在2006年出了车祸，同在一个车上的助理抢救无效身亡，他捡回了一条命，却右眼重伤。

出院之后要做疤痕治疗，为了把新植的皮压住，他每天要戴12小时面具，痛到睡不了觉，但他还是很坚持。

恢复后的面容，是疤痕累累的沧桑，再也没有奶油小生的唇红齿白。

重返影视后的胡歌，遇到了《琅琊榜》里的梅长苏，那种病恹恹的仙风道骨，那种目空一切的决绝高冷，像是胡歌一生坎坷一朝归来的本色出演。

胡歌在自己最大红大紫的时候，却跑去演话剧、出国留学，果断推开了令人艳羡的天价片酬和各路广告费。

就像是若干年前，他借梅长苏的一句台词发了一条微博："我既然活下来了，就不会白白地活着……"

他笑说这是梅长苏告诉他的，其实也是他说给自己的。

如何干翻这个看脸的世界？

绝望时再坚持一下，得意时记得收着点儿。

4 |

前段时间看《摔跤吧！爸爸》，从影院出来的时候，问朋友："阿米尔汗怎么胖成这样了？他原先多帅啊！"

朋友说："他是为了演这么一个身材发福的中年人，疯狂地增重了啊！不然你怎么能在看到这么一个老去的爸爸在沙窝子里体力不支时感到一阵心酸呢？"

我以为，那些本来身材很好的演员，突然要演胖子的时候，都是在自己身上贴一贴道具就完事儿，毕竟身材发福是一种不可控的风险，垮掉容易紧致难，对明星来说，让他们为角色大幅度增肥，简直可以要了他们的命吧！

但阿米尔汗从来不把这张轮廓俊逸的脸当成电影事业的优势，为了电影需要，为了艺术追求，他可以做一切。

所以，阿米尔汗一个人支撑起了一个印度的电影辉煌。

不少年轻演员大红大紫的时候，演戏要文替，还要武替；爱这张脸，也爱骨感身段，却从来不知道怎样去尊重自己的职业和别人的时间。这样的人，早晚会被这个看脸的世界干翻。

而一直在努力着的普通人，早晚能干翻这个看脸的世界。

傻人有傻福，但傻货没有

1 |

有个男的跟我说，现在的相亲女真是一个比一个势利了。

咋回事儿呢？

他跟一个姑娘经人介绍后加为好友聊了一段时间，一直没见面。前几天他心血来潮，突然杀到那个姑娘的公司附近，跟人约见面。估计这姑娘也觉得有点儿猝不及防，但犹豫了一下还是应下了。

两人就去了姑娘公司附近的一家餐厅，档次不错，是男的选的。

听上去还挺用心的是不是？然而，奇葩的事儿在后边呢！

点餐的时候，这男的什么贵点什么，姑娘一个都没点。这顿饭两人一共吃了900多块钱，但结账时他却迟迟不起来埋单，搞得姑娘尴尬不已。这时他发话了："我都大老远过来找你了，你不尽尽地主之谊？"

姑娘一下子听明白啥意思了，果断埋单走人，回去就把他拉黑了。

这男的气得够呛，问我能不能写写这些一心把花男人钱当作理所应当的"拜金女"，这已经是他做的第五次测试了。

我疑惑地问："测试？你每次约女孩儿出来吃饭让对方埋单是为了测试什么呢？"

他说："嗨，现在的女人，很多都想通过相亲骗吃骗喝的。男人还是实在点儿好，如果上赶着给女人埋单，她们就会觉得你欠她的。我也是想看看像我这样憨厚的老实人，能不能碰上个开眼的。"

"哥们儿，姑娘都还是希望找个能长点儿心的。"

"什么意思？你是说我傻？不整那些花哨的，傻点儿好，早晚能遇到一个不贪财的好姑娘，不都说傻人有傻福吗？"

傻人有傻福，但傻货没有呀！

2 |

"傻人"是《硅谷》里的Big Head这样的人。

没有任何过人的才智，呆萌憨厚。几个哥们儿要创业组建个公司Pied Piper，大家都觉得他最没用，所以提议把他踢出去。但他却因为曾经在 Pied Piper 工作过，而受到互联网超大咖位公司Hooli的重视，莫名其妙被别人挖走，拿上了超高年薪。又莫名其妙地在商业斗争中成为"牺牲品"，因祸得福地被这家超级规模的公司赔偿了一笔巨款。从此他住上了带游泳池的豪宅，每天闲来无事开着游艇晃荡。

真是感觉他什么都没做啊！

这简直就是"傻人有傻福"的标本示范！

当时追剧看Big Head,我忍不住一边拍大腿一边为他这种"开挂"般的人生惊叹,但是也真是服气。

有些人有傻福,也是理所应当。

Big Head从来不计较曾经那帮创业哥们儿对他的挤对,但凡这帮兄弟有难,他都是能帮就帮,甚至在自己稀里糊涂成为名牌大学客座教授后,由着Erlich给他的学生布置作业帮他们做数据收集。

一般人都会过过脑子想想,你这样对我的声誉有没有伤害?你这样会不会影响我丢掉饭碗?

但Big Head不会啊,他就觉得对朋友能帮就帮,其他都无所谓。

当他一夜间成为千万富翁,他还是叼着根饮料管子呆萌地过着自己的日子;当他被损友祸害得一夜间又倾家荡产,他依然没有歇斯底里地去怪谁怨谁,而是心平气和地寻思着去找点儿什么工作干干。

经得起一朝显赫的腾达,受得起一切化为乌有的变故。

而那种过山车式的福气,也就只有这种"傻人"能受得住。

他们不计较,所以能得到。

他们只管做自己认为正确的事儿,所以反而比想得太多、反复迷失的"聪明人"走得更快。

3 |

有一次赞助商组织了一次诗歌圈的活动,结束后大家聚在一起吃长桌宴。

其中有一个女诗人长得特别漂亮，是那种长腿、细腰、大眼睛的标准美女，跟我在一头儿聊天，她老公在另外一头儿跟一帮男的扯皮。

不一会儿，过来一个男的，一屁股坐在她旁边，端详了半秒钟，眼珠子都看直了，点上烟，坏坏地说："哎哟，咱们圈子里还有你这等尤物？之前我没发现啊！"

"喏，那个就是我老公。"可能她被人搭讪习惯了，直接使出撒手锏，想让这男的趁早打住。

这男的漫不经心地望去，脸都绿了，不屑地说："就他？这傻敦敦的样儿，也能娶到你这么美的老婆？不是骗我的吧？"

姑娘不吭声了，把脸别过去。

"哥们儿，你把烟掐了吧，她现在是个孕妇。"我忍不住提了一嘴。

"孕妇？孕妇怎么了？怀孕了也不能惯着，不然将来小孩儿生出来娇气。"说着他就故意吐了一个大烟圈儿。

我这正义的小火焰一下燃到了嗓子眼儿："你知道为什么她老公傻敦敦的那样儿能娶到这么好看的老婆，你却不能吗？"

"为啥？"这哥们儿突然来了兴致。

"因为同样是烟鬼，她老公为了让她少闻点儿烟味儿，在家一口不抽，出门不好意思要求别人，就特意带着那帮抽烟的男人坐到另一头儿离她远点儿，而你直接把烟圈儿吐人家孕妇身上。就冲这一点，你就差得远！"

我这话把这哥们儿气得说不出话，他掐了烟，瞪了我们一眼就溜了。

4 |

福气这种东西,就是要讲究你是否配得上。

那些木讷而忠厚的人,不是脑子缺根弦儿算不过账来,而是他们看得更开,不愿意费那么多脑子去计较。

傻人的傻,本质是善良,心里装着别人。

傻货的傻,本质是坏,惹毛你之后,还要劝你心胸必须得豁达。

《射雕英雄传》里的郭靖、《创世纪》里的马自强、《阿甘正传》里的阿甘、《士兵突击》里的许三多……都是一些看似脑子不够用,但比常人有着更强大毅力的死磕分子。

就像《士兵突击》里那句台词说的:"有意义就是好好活。好好活,就是做好多好多有意义的事儿。"

傻人不问前方,只管脚下,不要滑头,只管正义,所以他们更容易走到终点看看世界尽头的光,享受苦难尽头的福。

而傻货机关算尽、坏事做绝,自然元气大伤,只能患得患失地死在半道上。

所以,傻人有傻福,但傻货没有。

愿你出走半生，归来十分有钱

1 |

我很早之前就关注到一个帖子，有人问："不差钱的生活到底是什么样的？"

后来我真是有幸见识到了。

我的一个姐妹，委托我替她招待一下一位对她有知遇之恩的"老领导"，因为这位"老领导"退休之后带着他的夫人巡回旅游，下一站就是大理。

接到"老领导"后，我先带他们去了租车行。

车行里当天的现车只有一辆别克凯越，"老领导"说"够用了"。

车行老板张口要月租5000元，押金5000元。我本着尽地主之谊的职责，主动帮着讲价："月租4000元吧，又不是什么好车，你看，车身划得还不轻呢！"

还没等我充分展开我的"表演",车行老板就痛快地说:"那就4500元吧!"

"4500元?4500元行!是现在交钱吗?""老领导"掏出卡来满心欢喜地付钱去了,留我一个人在原地惊愕。

"老领导"刷完卡就要欢快地走人,我弱弱地问了一句:"那个……是不是得签一个租车协议什么的?"

车行老板也一下子从懵懂状态反应过来:"对对……得签个协议的……差点儿忘了……这老哥交钱交得太果断了,把我节奏打乱了……"

从租车行出来,送他们回那家提前租好的别墅酒店,"老领导"进去之后打量了一下这套别墅,脱口而出:"这套别墅卖吗?"

前台小姑娘一阵惊慌,怯怯地说了句:"老板不在……我……我不知道……"

次日,我们本来约好了一起吃个饭,"老领导"说要先带太太去昆明随便转转,于是我们便改约晚饭了。

晚上见面的时候,我才知道,他们两人在昆明转转的工夫,全款买下了两套房,然后手拉手回来了。

"你们这是打算以后来昆明这边定居吗?"我问。

"定居?不呀,买来投资的。我儿子、孙子都在北京呢,我们旅游结束后肯定还得回北京生活去啊!"

"您……北京也有房子啊?"

"嗯,北京的别墅给儿子住,我们两口子住一套,其他的都租出去了。"

那顿饭的工夫，我了解到"老领导"的房产状况：北京有房，加拿大有房，五六个二三线城市有房，这次跟老太太出来旅游，就是边玩儿边买房……两个人还约定了买房规则：单价在150万以下的，老太太自己随便做主，不用商量；单价在150万以上的，找"老领导"拿主意。

而且，所有房子都只写老太太一个人的名字。

那天，我幼小的灵魂受到了一万点暴击。
突然明白了什么叫作"钱是男人胆"。
那些跟你计较房产簿上要不要写你名字的男人，不过是因为害怕万一你不想过了，就会卷走他半辈子的积蓄。
越没钱的人，越小心翼翼。
因为，赌不起。

2 |

有一次，两个闺密带着自己的女儿来我家玩儿，中途她俩忙着做饭，我就带两个小女孩儿去小区便利店买零食。

到了便利店，我给她们一人发了一个篮子，明确说了"喜欢什么就拿什么，不怕多"。

我在门口蹲了会儿，等我起身的时候，惊讶地发现，一个小丫头（文文）挑了整整一筐，而另一个（笑笑）竟然只在手里拿着一个"魔法蛋"（一个塑料空心蛋，打开后里边有组装小玩具和一包不怎么好吃的巧克力豆），篮子里是空的。

"笑笑，你怎么只拿了一个蛋呀，不要再挑点儿别的吃的了吗？"我问那个篮子空空的女孩儿。

"不要了，我只要这个就好啦！"笑笑非常果断地回答了我。

等我们回去之后，文文妈妈看到自己女儿挑了满满一大包吃的，而别人就只在手里掐着一个魔法蛋，愣了一下，没说话。

吃完晚饭，把小孩儿哄睡之后，我们仨去阳台上聊天，文文妈妈"哇"的一下就哭了出来，把我们吓一跳，都不知道她到底怎么了。

她哭着跟我们说，特别恨自己，把女儿教育成这个样子，见什么都想要，看到什么都想拿，因为什么都没吃过。

说得我们一下子都沉默了。

这个姐妹家境确实不好，平常也受我们接济最多，但人非常善良。当年她读完研后又嫁了一个不上进的老公，过日子总是为钱吵架。

而另外一个姐妹从小就被家里送出国留学，回来后找了个门当户对的老公，同样的富二代，同样受过高等教育，所以两人养出来的女儿笑笑，吃过好的，见过好的，玩过好的，从来不会因为吃的跟别的小孩儿争抢。

笑笑今天之所以只买一个"魔法蛋"，是因为她发现每个"魔法蛋"里边都装着不一样的玩具，她好奇，所以她只是在为未知的新奇埋单。

而文文，因为平时买零食妈妈只允许她买一样，所以她一旦吃到了某种好吃的，就永远买这一样，怕买了别的自己不喜欢吃。这次在便利店得到了"不怕多"的允许,就想把自己没吃过的都买来尝尝,唯恐自己错过了这次机会以后就吃不到了。

没钱,就意味着不敢做选择。

这种事儿,发生在孩子身上,特别让人心酸。

我们这一代人,没有富二代的命,如果还没有做富一代的野心和志向,将来就会目睹最心爱的孩子拼命地划拉一些他自己也不知道喜不喜欢的东西。

你只能努力。

钱到底有多重要,取决于你有没有、有多少。

你越没钱,钱越重要。那些最爱说"没钱也能幸福"的人,往往都是富人。

3 |

《肖申克的救赎》里说,希望是个好东西。

一个平淡而穷困的家,没遇上事儿,怎么都能过;一旦遇上事儿,不管是天灾还是人祸,就会立马分崩离析。

所以,当你青春大好,先别着急让自己岁月静好。

想办法多挣点儿钱,就会多几分抵抗风险的能力。

哪怕一生无虞,你还可以走到煎饼摊前,在大妈问你"加几个蛋"时,你豪气地说一句:"加满!"

最后,愿你出走半生,归来十分有钱。

Part 2

远离消耗自己的男人

我"到岁数"未婚，懒得招惹别人，也不想被招惹

1 |

"我30岁了没结婚，我犯罪了吗？他们一个个凭什么对我的生活指手画脚啊？"

我朋友玄子昨晚跟我聊起当天的遭遇时快哭了。

玄子做着一份公务员的工作，自己有房有车。她谈过几次恋爱，都没能走到最后，溜溜达达地就到了30岁。从原先的充满期待到现在的一切随缘，她慢慢习惯了一个人过日子，不但习惯了，还喜欢上了，所以她跟她妈妈说："我觉得一个人过也挺好的。"

玄子的妈妈倒是开明，虽然心里也急，但绝对不会让玄子为结婚而去结婚。

但让玄子万万没想到的是，最深的恶意却是来自周围不相干的人。

一些男同事，都是当爹的人了，下了班不滚回家替媳妇儿带带孩

子,而是磨磨叽叽地非要找她约饭,顺带还要贼兮兮地补充上一句"今天媳妇儿带孩子回姥姥家了"。

这些恶心的已婚男人凭什么要如此无耻地去"意淫"单身姑娘的性生活啊?

龌龊不?要脸不?

更让玄子崩溃的是,但凡上班迟到单位一会儿,电梯间里遇上一些已婚大姐,她们就会笑嘻嘻地打量着她说上这么一句:"哟,起这么晚?昨晚这是去哪儿浪了?"

呸,这是什么狗屁逻辑啊!

我突然觉得,这个世界真是对一些大龄未婚女性有着太深的恶意。

我也不知道怎么安慰玄子,我只知道,她很优秀,也很漂亮,一起爬山的时候她会第一个登顶,处理烂桃花一向手起刀落,如果对人家没那个意思,一起吃饭都必须AA制。

我只能说,那些人之所以对你恶意揣测,是因为把"到岁数"却未婚的姑娘当成了这个社会不安因素的源头。

他们觉得你年龄到了不结婚,就是异类;他们觉得你家里没个男人还整天打扮得优雅整洁,就是想勾引。

他们根本不了解,有的人三十几岁不结婚,不是因为她们觉得婚姻不重要,而是认为婚姻太重要。

2 |

前段时间《我的前半生》热播，讲到闺密友情，一个姑娘在后台给我讲了这么一个故事。

她生活在一个小城市里，至交不多，唯一的好朋友住在城东，她住在城西。之前她俩都是27岁单身无男友，所以两个人往来也蛮密切的。

直到前段时间，她闺密交了男朋友之后，她才知道自己继续单身对闺密来说是一种多大的威胁。

那天，她看到闺密发朋友圈说自己发烧了，她二话没说买了退烧药和水果，坐上公交车，晃荡了一个多小时，来到闺密住的小区，打电话给闺密说买了东西来看看她，已经到小区了，只需要告诉她单元号就好啦！

你知道她的闺密回了她一句什么吗？

"我男朋友在家呢！"

没错，连共苦的好朋友，都要把她看成一个对男人如饥似渴的大龄剩女，为了防她，甚至不允许她跟自己新找的男朋友在同一时空碰面。

她说她闺密天天催着她赶紧找一个，还奉劝她如果"到岁数"不结婚，别人都会认为她的身体有这样或那样的毛病。

她问我："轨姐，连我妈都说女人一过30岁就不值钱了，我也着急，可我没找着合适的，这样单着是不是太自私了呢？"

我都笑了。

自私？

那我能说，感情这件事儿，你就是要自私点儿吗？

如果你"到岁数"就要为了让别人感觉你不是个"异类"而结婚，那婚后半辈子跟一个没感觉的人凑合的别扭、磨合不成最终还要离婚的代价，这些人替你背吗？

这个世界最扭曲的价值观是，不结婚的人没有做错任何事，却要承担一切惩罚。

3 |

对上一辈的人来说，见一面，不讨厌，就可以谈婚论嫁了，你行吗？

现在的我们，见到了太多糟心的婚姻，也头破血流地谈了一场徒劳无功的恋爱，伤过人，也被人伤，见得多了，想明白了。

喜欢的找不到，不喜欢的迁就不了，就开始懒得招惹别人，也不想被别人招惹。

可这个世界却不肯这么放过你。

你"到岁数"不结婚，是身体有毛病？还是精神有问题啊？

你看你，二狗子，阳痿、早泄、尿分叉现在都能治啊，赶紧去医院看看啊，别耽误找媳妇儿。

你看你，王翠花，女人都是要嫁人的！都这个岁数了还跟我谈什么感觉不感觉的，是个男人能要你就不错了，再等就只能等二婚的男人来倒挑你了。

惊不惊喜？意不意外？

以后听到这种管闲事儿的风凉话应该怎么回击?

你就告诉他们,不结婚是挺累,但结错了婚是会死的!

然后,我要问你一个问题了:如果你一辈子都未遇良人,你真想好要一辈子不结婚了吗?

如果答案是肯定的,那就继续往下看。

4 |

老人都喜欢跟你讲究"先成家,后立业"。

他们之所以这么讲究,不是在强行规定结婚与做事业的先后顺序,而是刻意地认为,两个人在一起一块努力比一个人使劲儿更有效率。

所以,你知道你需要如何硬气地独自撑起自己的一生吗?

看过英剧Emma吗?当主人公Emma被问到她这样天生丽质,为什么还不结婚的时候,Emma说:"我现在衣食无忧,生活充实,既然情愫未到,我又何必改变现在的状态?但是不用担心,我会成为富有的老姑娘,只有穷困潦倒的老姑娘,才会成为大家的笑柄。"

扎不扎心!

只有穷困潦倒的老姑娘,才会成为大家的笑柄。

我不宣扬不婚主义,因为一个人能遇一良人共度一生不是什么坏事儿,但还是希望这个世界能够尊重一下那些想要选择另一种方式过一生的男男女女。

如果你想好了去做一个特别的人,就要有支撑自己不把流言蜚语放在眼里的底气。

你需要更努力,一个人活得像一支队伍。

觉得自己很惨吗?

不,这不是最惨的。

女人最惨的不是到了一定岁数未遇良人,而是她一辈子都在面对一段不幸的婚姻。

懂事儿的女人，比会闹的女人更可怕

1 |

"在你看来，什么样的女人，算是懂事儿的呢？"

"我手机微信提示音一响，她就故意把头转向一边。"

这是我跟牛大壮哥们儿之间的对话。

他回答这个问题的时候，眼睛里亮晶晶的，也故意把头转向了一边。

牛大壮遇上莎莎的时候，刚结束一段让他身心俱疲的感情。

那个时候，牛大壮就暗暗发誓，这以后，就算打一辈子光棍儿，也不招惹这种闹起来寻死觅活的姑娘了。

牛大壮的前任，是一个小他7岁的小女生。一开始，我们都说，是牛大壮这头老牛捡着宝了，因为这小女孩儿，长得实在是太好看了，每次提要求时，是个会嘟着嘴的小可爱。

但牛大壮才春风得意了一个月,就变得眼窝深陷、印堂发黑,连夹烟卷的手指头,都抖得厉害。

我以为这是因为他太不节制了,怎料牛大壮啜泣着说:"这小丫头太能闹了,自作主张地把我微信列表里的女性朋友全删干净了,连我妈都没放过,害得我被我妈劈头盖脸地一顿臭骂。这日子我可受不了,就想掰了拉倒吧,没想到她直接从我家窗户跳下去了,得亏我住二楼,不然我这辈子都得为她打工了。"

所幸,经过了这一闹,小姑娘的父母直接来把她接走了。

走了狗屎运的牛大壮,很快就通过相亲结识了莎莎。

准确点儿说,是莎莎手把手带他从前任恐慌中走了出来,还给了他母亲般的宠溺与呵护,牛大壮为此欣喜若狂。

但牛大壮的哥们儿都说,莎莎这外貌,差那么点儿意思。

这不够好看的女生啊,一般都不太敢"作"。

牛大壮大手一挥,表示无妨,毕竟这肆无忌惮的神仙日子总算是又回来了。

直到莎莎生理期那天破天荒给牛大壮打了电话,让他回来的时候顺便从便利店买一盒红糖。

牛大壮当时正在玩儿"锄大地"输红了眼,应了一声就挂了电话,到家已经是凌晨四点半,按了半天门铃没人应,只好自己开了门。

一进去之后,牛大壮就吓傻了,家里被归置得整整齐齐、一尘不染,一目了然到连牛大壮这种大老粗也能一眼看明白发生了什么——莎莎以及莎莎所有的东西,都不见了。

牛大壮疯了一样拨电话、发消息，才发现自己被莎莎拉黑了。

他听说女人生气都是一时的，于是失魂落魄地昏睡过去，试图醒了之后再试试。

结果天亮了之后依然没有莎莎半点儿音信，牛大壮还去了莎莎工作的化妆品柜台找过她，但莎莎的同事说，莎莎是电话里辞职的，还有半个月的工资都不要了。

打那儿以后，莎莎就从牛大壮的世界完全消失了，到现在牛大壮都觉得这事儿发生得特别不真实。

牛大壮红着眼睛说，懂事儿的女人，比会闹的女人，更可怕。

2 |

"知乎"上有一个"政治正确"的论断，叫"骄纵有人疼，懂事儿遭雷劈"。

那些看上去不作不闹的女生，大概都对这句话其中的心酸滋味深有体会。

我的闺密艾敏曾在大三那年得手了一个心仪已久的小哥哥，也可以说，是小哥哥勉为其难地屈尊做了她男朋友。

艾敏为此大宴三天，请几个死党大撮了几顿。

有一次吃饭的时候，有死党问："艾敏，你把你家男神说得那么帅，怎么不拉出来遛遛，让姐妹们验验真假。"

艾敏闻之脸色大变，但为了不驳大家面子，还是拍着胸脯说："遛遛就遛遛，准备好你们嫉妒的哈喇子。"

一个月后，我们终于等到了艾敏小人得志般的电话通知：她男神决定要下凡了，这次要便宜我们近距离嫉妒她了。

为了迎接艾敏男神的下凡，我们连夜讨论了要订位的餐厅、接送方案、集合地点，以及要在饭桌上助兴的节目。兴师动众的程度，完全不亚于一场明星招待会了。

第二天晚上，我们在预先说的集合地点开始了漫长的等待，时间都过去两个半小时了，艾敏的男神还没露头。

有人按捺不住性子，用胳膊肘捣了艾敏一下："大敏，要不你催催你家大腕儿，饭店都给我打了五个电话了，半小时之内再不到，人家就把咱预订的包间给别人了。"

艾敏皱着眉头，犹犹豫豫地说："十分钟，再等十分钟，我家哥哥要是还没出现，我就给他打电话。"

我叹了口气，表示理解。

其实我们都知道，艾敏根本不敢催他，因为她每天都在担心因为自己说错一句话爱情就没了。

十分钟之后，艾敏躲着我们跑到角落里给她男神打电话去了。

才几十秒钟的工夫，她就黑着一张脸垂头丧气地跑了回来："他说……他睡过头了……不去了……要不……"

"改天"二字还没说出来，艾敏"哇"的一声就哭了出来。

一旁的姐妹看不过去："大敏，你倒是骂他啊，什么玩意儿啊，真以为自己是多大的腕儿了？我们愿意候着，这是看你面子啊，不然凭啥惯着他！"

艾敏摆摆手："你们去吃吧，今天还是我请客，我就不去了。"

她往寝室走的时候，那一瘸一拐的样子，还有回过头来朝着我们抱歉一笑的复杂表情，我这辈子都忘不了。

后来，我们所有的聚会，艾敏再也没喊过男神。

毕业那年，艾敏直接递了出国申请，男神慌了，竟然主动找到我，问我能不能帮他组织一场挽留Party。

想不到这么一个被惯坏的大男生，也有低头的时候。

后来，我们几个真帮着他给了艾敏一个感天动地的求婚仪式，连我们当中最刚烈的那个姐妹，都被感动得痛哭流涕。

但唯独艾敏，酒照喝，肉照吃，但这国，还是要出。

男神想方设法加了我们每一个人的微信，要我们帮帮他，他说他从未碰到过如此懂事儿、如此体贴的女孩儿，他真不想错过，还问我们，是不是艾敏突然觉得出国的发展机会比他更重要？

我们都没再搭理他。

不是不想帮，毕竟不管怎样，他们两人好歹好了两年了，只是，我们都知道，帮了也没用。

一个太懂事儿的女孩儿，什么都可以原谅，但也什么都无法释怀。

3 |

就像网络鸡汤里说的那般：

"所有大张旗鼓的离开其实都只是为了试探，真正的离开从来都是悄无声息的。真正想要离开的人，只是挑了一个风和日丽的早晨，穿了件最常穿的衣服，悄悄关上门，然后就再也没有回来过。"

懂事儿的女人，可怕之处在于，一旦决定，绝无退路。

她们看似很好说话，也从来不为难任何人。不发脾气，不翻旧账，不查岗，不要礼物，不计较五花八门的纪念日，甚至不介意你从未对她说过"我爱你"。

她们就这么随叫随到地出现在你的世界，没皮没脸地守着你，不管你说了多么过分的话。

她们的低姿态，让你越来越自以为是，让你越来越肆无忌惮。

当你被她们惯到无法自理时，她们就挑了一个风和日丽的日子，再也没回来。

懂事儿的女孩儿，对于伤到自己底线的事儿，会记恨一辈子。

她们没什么激烈的情绪，就这么一直默默地积攒着带刀的温柔，直到她们确定自己不再害怕失去，就会一走了之，不留余地。

4 |

一个离过3次婚的40岁大姐，曾吐着烟圈儿告诉过我这样一句话：这年头，已婚女人的劲敌，不是那种整天逼着别人老公离婚的吉娃娃小女孩儿,而是那种不提任何要求、跟你老公共进退的女人。

大姐眼圈儿红红地说,遇到这种女人,我就缴械投降,不是我怂,是我从小依赖男人依赖惯了,论度量、论格局,我都比不过这些女人,只要离婚能分套房子给我,我就让路。

这话听起来真不是个滋味儿。

一个女孩儿,要经历些什么,才能变成如此"识大体",如此"知进退",如此"不给人添麻烦"呢?

大概就是,咬牙切齿地认为自己不配吧!

她们可能被很多恶意伤害过,可能是原生家庭,可能是屡次遇人不淑,也可能是脸上的疤痕,又可能是偏胖的身形。

因为没被善待过,她们便不断逼自己少去索取,多去奉献。

沉默、隐忍、不争不抢、懂事儿温柔,是她们给内心最好的武装。

她们怕人知道自己内心的恐惧,她们不愿意被人知道自己其实每一秒钟都孤独,所以要拼命去讨好、去原谅、去包容,去做那些幸福的人不愿意做的事儿。

《唐顿庄园》里说,唯一比孤独更可怕的,是被人知道你孤独。

说的大概就是那些懂事儿的女人。

愿你我永远不用太懂事儿。

单身久了，心里的小鹿好像老了

1 |

几年前，我曾在北京的一栋6层高的老小区楼里住过一段时间。

楼上曾有一对很奇怪的夫妻，男的几乎天天要被女的打哭。

不是开玩笑的，是真的被打到痛哭流涕。

左邻右舍经常看到男的一边抹眼泪一边抽泣，控诉他媳妇儿打了他。

你是不是会问：难道他媳妇儿是个膘肥体壮的悍妇，厉害到连男的都打不过她？

不不，恰恰相反，他媳妇儿非但不强壮，而且还是个病人，一个得了先天性脑瘫的病人。

就是走路必须要弯成一个问号，上楼都没有重心的那种，但语言表达其实还没什么问题。

你可能还会纳闷儿：那这男的应该也有什么身体残疾吧，不然为什么会娶一个先天不健全的女人？

他其实看上去是健康的，四肢健全、相貌周正。

但听说，这男的在一个偏远山村里长大，因为个头儿小一些，从小就被霸凌，到很大了还在流鼻涕，害怕的时候会尿裤子，总之是很多人眼中的笑柄。长大后也没好到哪儿去，因为太过腼腆，看上去窝窝囊囊的，去做保安人家也不要他，家里人托了关系，好夕找到了一份开垃圾车的活儿。

媳妇儿虽然行动不便，但脑子还是比他灵光的，经常看他一点儿小事儿都做不好就搓火，甚至动手打他。

就这么一个人，任凭他媳妇儿如何打骂他，他都没还过手，还会有些丢脸地哭鼻子，但哭完之后，每天还是雷打不动地背着媳妇儿上楼下楼。

嗯，他家住6楼啊！

后来，他媳妇儿得病过世了，我再没听过他哭，每天在楼道里擦肩而过，就看到他佝偻着背、倒背着手，一个人上上下下，见人也不打招呼。

就这么过了大概一年的光景，楼下下象棋的老大爷看着他太可怜了，有一天喊住他，说要给他再找个媳妇儿。

他竟然猩红着眼睛，咆哮起来，骂人家老头儿多管闲事儿。

把人家大爷气得提着马扎儿骂骂咧咧地就走了。

他左右环顾，确定没人了，突然一屁股坐在地上哭起来，嘟嘟囔囔地自言自语道："不找，我就不找，没了她我谁也不找。"

我在二楼洗碗,往下看时,被这一幕戳得泪如雨下。

后来,这个世界开始流行一种病,说自己丧失了喜欢一个人的能力的病。

这时候,我就会想起他。

2 |

"科学松鼠会"流出来一种说法:

如果每个人都是一颗小星球,逝去的亲友就是身边的暗物质。我愿能再见你,我知我再见不到你。但你的引力仍在。我感激我们的光锥曾彼此重叠,而你永远改变了我的星轨。纵使再不能相见,你仍是我所在的星系未曾分崩离析的原因,是我宇宙之网的永恒组成。总有一天我也会坍缩成一团黑暗,但更遥远的未来,会有人在千万光年之外,看到我们曾经存在,知道我们从未离开。

第一次看到这段话,就热泪盈眶。

可能每个差点儿放弃自己的人,都能领会这其中的感伤吧!

你遇到过一个第一眼就想嫁的人,不知好歹地去讨好、去纠缠,每天活在"他爱我,他不爱我,他爱我,他不爱我"的死循环中,终于一朝失手,他不要你了。

怎么办?怎么办?是不是别人失恋也会像自己一样难过?

你想,肯定不是,骗人的,全世界都没有你难过,你最难过。

大哭，号啕大哭，醒来就哭，哭累就睡。过了些日子，你发现这样下去实在不是个办法，总要走出来的。

这样吧，去把你们一起吃过的东西再吃一遍，去把你们玩儿过的地方再玩儿一遍，去把他许给你却没兑现的礼物买下来藏进储物箱，然后，就忘了他。

你这么说，也这么做了，虽然中间一度有几个瞬间又坚持不住了，但你发现哭得再大声他也不会来抱抱你了，也就耸耸肩作罢了。

后来，你来我往的茫茫人海，你再也提不起任何兴致去爱。

有人看你孤独得像条狗，推给你一个名片，告诉你这是一个阳光硬朗的帅哥，你交往交往看看。

你点头，说，好。

结果一个月后，朋友跑来臭骂你一顿，质问你，通过了人家好友，为什么不聊聊？不聊怎么相互了解？不聊怎么知道喜不喜欢？

你紧锁着眉头，说了三个字——怕麻烦。

3 |

我30岁之前，也常常会在结束某段痛苦的恋爱关系时，默默告诉自己，以后再也不费那个心了，太伤神。

辛小雅也是这样的人。

她干净、整洁、爱笑，长得也不赖。

我俩在同一个单位上班的时候，每天中午，她会跑去热饭，然后蹦蹦跳跳地跑回来，当着我的面儿，一副好心肠的样子，挑出饭盒里的肉非让我尝尝，当我吃下去的时候，她会突然哈哈大笑着说："看着吧，早晚把你养成一个'死肥宅'，然后让你走在我身边，这样咱俩出门逛街的时候，臭男人们就不会光看你不看我了。"

辛小雅其实很好玩儿，是那种女人见了都想娶回家的姑娘。

可偏偏，30岁整了，没谈过一次恋爱。

她不止一次怀疑自己有问题。

我问她是不是没需求啊，她眨巴着眼睛说，上次硬着头皮试了一个男的，结果只是第一次见面，那男的就要把手伸到她内衣里摸来摸去，像是丢了什么东西似的。

她一点儿都不觉得美好，反而觉得，很恶心。这么一个恶心的人，又怎么让她试试看？

她说，她也不是有什么执念的姑娘，但就是不明白自己为什么会抵触得那么厉害。

这些年，她还试过网恋，相亲软件也下满了一手机。她可以用一天的时间决定喜欢上别人，第二天就约会，第三天就垂头丧气地说不喜欢了。

说起来，也确实有点儿缺德，一开始你也没说不愿意，人家的热情被你点燃了，你却一扭头撂挑子了，算哪门子事儿啊！

"像我这样不着调的人，还不如别去开始，放过自己，也放过别人。"

她得出这个论断的时候，有些哀伤，但她就是觉得，自己不适合谈恋爱。

于是，她一个人过了这么多年。

她妈喊她回老家，她也不回去，她一个人过得挺习惯的，讨厌有人突然跟她建立一种亲密关系，通过这种亲密关系，她就必须跟这个人分享自己屁股上的胎记、看电影时的懒人沙发，和一切。

就像是韩国电影《结婚礼服》中，国民娃娃素雅对着自己的单亲妈妈说出的那番话：

我一个人做作业、一个人吃饭，全都是我一个人做的，我怎么就不能一个人过了？

当一个人习惯了自己完成一切的时候，就会抵触陌生人的介入。

当一个人单身久了，心里的小鹿不再乱撞，自然就老了。

4 |

我认识一个小姐姐，超级能干的那种，每天过着有票子、有房子的滋润日子，穿衣服极有品位，你可以在她身上随时找到当季的流行元素，她还很会帮人搭配，不管你是什么体型的姑娘。

嗯，我们就是因为这个认识的。

我跟她说，好羡慕你啊，这么有事业心。

她一听，手里的咖啡勺突然停住了，眉毛挑了一下，注视了我一会儿，说："因为我心里没有别人可以放啊，那我就只能放上事业心了。"

这是我听过的最伤感的热爱工作的原因了吧!

年少时,我们会因为对方超过一分钟没回短信,就闹得鸡飞狗跳,彻夜难眠;现在,了解了人生多数时候只是徒劳后,再也没办法像当初那般为一个人紧张到吃不下饭。

既然余生漫长,无人可爱,便想方设法把心填满,暗示自己:依然单身,是因为没空。

其实,你一直都知道,贵为"单身汪"的你,不是不想怦然心动,而是不知不觉中,心中小鹿已老去。

微信聊个天,你懒得介绍自己;被人误解,你也懒得辩解。

很多人,单身至今,都喜欢对一切突然到访的缘分说一句:算了吧!

《我可能不会爱你》里说:懒得交新朋友的原因,是因为懒得重新交代自己的人生。

可能说的,就是你这种小鹿老去,再也不会乱撞的人吧!

但是,连取得小动物的信任,都要跟它贴得很近很近啊,何况是人。

你要想穿上铠甲,可能就是要先露出软肋啊!

所以啊,不要着急说什么以后再也不会怎样的鬼话了,未来的事儿谁知道呢!

还是满怀希望地抱抱自己吧!

远离消耗自己的男人

1 |

一个邻居带着一个姑娘突然跑到我家里说要"坐坐",我用屁股想一下都知道,一个热心大姐突然带个陌生人来串门,当然没有"坐坐"这么简单。

在热心大姐的一再推搡下,这姑娘闪闪烁烁地勉强说明了来意。

她从19岁起就跟了一个大自己12岁的"江湖大哥",而她今年已经29岁了,把"江湖大哥"活活熬得离完两次婚了,还没轮到自己上位。这几天"江湖大哥"在玩游戏的时候突然用了个跟自己没关系的情侣名,这下她可真着急了,让我给分析分析,该怎么办。

我听完想笑又实在不好意思笑。

这个世道怎么了,一个29岁的大姑娘,等了一个男生10年,关心的不是这个男人到底值不值得,而是他跟谁在游戏里用了情侣名!

姑娘,你以为自己是一个等着被翻牌子的深闺怨妇吗?

你也不想想,自己耗得起吗?

跟一个绝口不谈未来的男人谈恋爱,他对你最可怕的消耗不是年龄和青春,而是你过好下半辈子的信心。

2 |

男人对女人的消耗,有很多漂亮的伪装形式。

想睡,但暂时不想谈恋爱

有个女粉丝喜欢上了一个"成功人士"。小女生最可怕的情绪就是对男人遏制不住的仰慕:她跑去听他的讲座,微博给他发私信。终于打动了这位"成功人士",但"成功人士"直接给她写了首诗,大概的意思就是,非常想跟她共赴男女大和谐,但暂时没有时间谈恋爱……

这信号还不够明确吗?

"没有时间谈恋爱",是一种赤裸裸的消耗信号。

你死赖着不走,那你就活该被消耗。

睡完,突然有了洁癖

终于轮到这个故事上场了。

叫她L吧——

L算是我师妹,她跟现男友谈恋爱的时候,曾跟前任藕断丝连地上过床,这事儿现男友是知道的,她并没有任何隐瞒。两人相处了一段时间后,决定去小旅馆"交换真心"。

没想到的是,事后男友突然大肆追问起她的过去,她和前任的种种隐秘之事,在得到肯定的答案之后,竟开始责问咆哮。

L一下子懵住了,鬼使神差地向他道起歉来。

那男的也是"鸡贼",明明很在意,却不分手,表示自己很大度地原谅她了,却在此后频频拿这件事儿打压她。这一打压就是三年多,直到他终于"骑驴找马"地骗到了新姑娘,才理直气壮地说这道坎儿他过不去……

介意你的过去,这是第二种消耗信号。

你余生所有的时间与努力,在他眼中都是你欠下的弥补与讨好。

一边打你,一边爱你

经常有遭遇家暴的姑娘跟我说:"他平常真是什么都好,这次动手他也给我下跪道歉了,说他以后再也不会了。"

然后第二次、第三次……她们还是在打一巴掌给一颗糖的游戏中相信了糖。

你一会儿被打得面目全非,一会儿又被宠得死去活来,时间长了,精神不出问题才怪,神神道道地就陷进去了。

动手,是第三种消耗信号。

3 |

我的微信公众号后台每天都有一堆"求骂醒"的姑娘,但这样的姑娘，往往都骂不醒。

她们真正渴望的不是被骂醒，而是被继续骗下去。

她们犹犹豫豫、黏黏糊糊，是因为对那些渣得一览无余的渣男始终抱有最后一丝幻想，不然早就骂一句"贱男人"拍拍屁股走人了。

一个姑娘因为被闺密送了一本我的书，成了我的小粉丝。有段时间她特别难熬。

男朋友跟她在一起，蹭吃蹭喝了四年，一朝赚了点儿钱能买车了，就以他妈不同意他俩在一起为由和她分手了。那段时间，她天天反思到底是自己哪里不好、他还会不会回来，根本没办法正常生活。

直到她知道真相：分手的第二天，这个节假日从来不送她礼物的男朋友却给别的姑娘买了一个5000块钱的礼物表白了。她才深知自己所有感情都错付了。

她气呼呼地去质问，对方却理直气壮地说要对这个女孩儿负责，她这才被恶心得彻底断了念想。

姑娘们往往如此——

分手分得不明不白，就一直心心念念，最终就会被消耗得人不人、鬼不鬼。

所以，男生们，如果你有了新欢，那就分手分得坦荡点儿，能让姑娘早点儿远离你这种消耗她的男人，也算是你最后的良心。

4 |

那些在人生低谷时因为寂寞选择了你的男人,那些让你愤怒到想要同归于尽的男人,那些整天让你再给他点儿时间的男人——一定会像黑洞一样毫不犹豫地吞噬掉你在这世间另寻出路的希望。

所以,姑娘,请远离那些消耗自己的男人。

不够喜欢，就会无限放大对方的缺点

1 |

陪蕾蕾去见了一个在她口中很不堪的男生。

这个"不堪"的男生，据说是一个月入三万的"码农"，好听的话一句不会讲，节假日送礼永远都是一束花，有一次倒是例外，送了一副挺贵的键盘。

他对蕾蕾，也算是一见钟情，两人在火车上认识的，蕾蕾当时就跟他说过一句话：麻烦让一下。

当时他坐外边，蕾蕾坐里边。

直到蕾蕾拖着行李箱走出火车站检票口了，他才鼓起勇气追上来要了微信号。

后来蕾蕾发现，他除了花钱方面对喜欢的女孩儿很大方外，其他方面都很无趣，从来不懂什么叫投其所好，送蕾蕾的礼物都不是蕾蕾喜欢的，退回去他还不乐意。

这次他去韩国出差，给蕾蕾带了一些化妆品，想亲手交给蕾蕾。

为了少磨叽会儿，蕾蕾拉上正在逛街的我，替她挡一挡。

那个男生，餐厅选的日料自助，259元一位。我一看，赶紧跟人说我吃过了，你们聊吧，我先走。

男生马上说，没关系，没关系，来都来了，你随便吃点儿就行啊，不用怕浪费。说着就向服务员要了三位。

我诧异不已，发现这男生并不像蕾蕾口中说的那么低情商，不然怎么能一下判断出我的顾虑。

落座后，男生也没说几句话，就是偶尔会问一下蕾蕾喜欢吃什么，他去帮她拿，蕾蕾说不用了，他就真的坐下来，一个人安安稳稳从头吃到尾。

一点儿都不话痨。

从餐厅出来的时候，男生要开车送我们，蕾蕾拒绝了，宁可拉着我去挤地铁、换公交。

而且，她还拒绝了男生从韩国买给她的化妆品礼物。

回去的路上，我纳闷儿地问："蕾蕾，这男生也没你说的那么糟糕嘛！"

蕾蕾诧异地睁大眼睛，反问："还不糟糕？你没有看到他的吃相吗？吃东西的时候跟个难民似的，狼吞虎咽不说，还会抖腿，我强忍着恶心没换桌就已经很不错了！"

"就因为这个?"我问。

"这个还不够?吃这顿饭就够让我决定以后跟他断绝往来了。"她答道。

我点点头。

确实够了。

只要不够喜欢你,你的一点点缺点,在人家看来都是无可救药的灾难。

2 |

我听到过一些婚后各种不如意的倾诉与抱怨,比如越来越嫌弃自己当初瞎了眼,晚上听老公在身边打呼噜都感觉恶心,婚前要好的时候,竟然一点儿都没觉得,简直匪夷所思。

听得多了,我不免反问:"那为什么不离婚?"

这个时候,她们会说:"离婚?离完我没有把握比现在过得更好,凑合过吧!"

说出来你可能不信,很多人没结婚之前,很有骨气,张口就是"余生不将就""凑合的人生我死也不要"。

结果合意的人没等到,凑合的人没走,一到30岁开始慌了,赶紧选了个差不多的人把婚结了。

结完之后,就抱怨自己这辈子被错的人毁掉了。

这种人,一点儿都不值得同情,甚至可以说是泯灭良心。

你以为谁差你的"将就",谁想成为你的"凑合"吗?

只要你婚前敢坦白点儿跟人家说明白,99%的人根本不会贱到拿一辈子跟你赌啊!

那些凑合出来的婚姻悲剧,多数是因为懦弱者的自私所致。

不过是因为,你对结婚对象不满意,又缺乏孤老一生的勇气。

3 |

二十八九岁时,我孑然一身,在家玩玩琴、写写文章,依然不慌不忙,过得自在。

倒是给我妈急得够呛,竟然托了搞装修的工头儿给我介绍对象,可见我妈觉得自己闺女只要能有个人"接盘"就已经烧高香了。

那段日子,我的生活中真是充满了无尽的饭局。一开始,为了不驳老妈的面子,我就去赴一赴约,跟人聊一些有的没的,然后礼貌再见。后来实在是觉得这种跟陌生人吃饭直奔婚姻大事的场合太滑稽,索性就骗骗我妈,答应了去,其实去泡图书馆了。

果然天下没有不透风的墙,还是被我妈发现了。

她一副恨铁不成钢的样子,冲进来看到正在电脑前吃泡面的我,更是搓火。

她质问我,为啥让我去吃个饭就这么难呢,难道不比在家吃泡面强吗?

我嬉笑着逗她,我宁可在家吃泡面,也不愿意去跟没意思的人吃什么高级大餐。

不是我"高冷"到心里没点儿数,而是因为,我断然不敢用自己的屈就,耽误别人一辈子。

我学不会在婚后培养爱。

我只相信,我喜欢你,这日子就好过些;我不喜欢你,你呼吸我都嫌吵得慌。

对的人,本就可遇不可求,你再努力,人品再好,命里也不一定有。

爱情本来就不是两个好人在一起过日子这么简单。

就像是《百年酒馆》里说的:

接受事实,爱情是稀有的,也许它永远不会发生在你身上。

4 |

有时候,我们的屈从,我们的自欺欺人,我们的不太满意,很容易在婚后发酵成对立面的挑剔。

我认识一个东北大姐,爽利漂亮、雷厉风行,跟朋友见面,从来不会空着手,总要送人各式各样的礼物,人缘儿特好。

这么好的一个大姐,却对老公很糟糕。

因为,她觉得对方一无是处,完全配不上她。

有个小姐妹快结婚了,东北大姐把我们叫出来一起吃了个饭,说是庆祝婚前单身最后的光辉岁月。

酒过三巡,快结婚的小姐妹红了眼圈儿,说自己要嫁的这个人啊,也不知道嫁对没有。他很老实,刚订婚就上交了工资卡;工作很稳定,是个公务员;也没什么不良嗜好,烟酒不沾,就打打弱智一点儿的单机游戏;婚房也是公婆给买好的,家庭条件也说得过去。但她就是没有那种恋爱的感觉,对方也没对她死缠烂打地追求过,甚至没求过婚,就是两个人认识了一段时间,觉得彼此合得来,就定了日子,给了礼金。

东北大姐瞪着猩红的眼睛,几乎是喊出来的:"不要,不要,你还是再考虑一下吧,不要做我的翻版!你老公有的这些,我老公当年都有,但如果你不是很喜欢他的话,婚后他的这些优点,都会变成缺点!"

大姐没撒谎,真是这样。

如果你不够喜欢他,他的老实,就会变成没情趣;他的工资卡上交,就会变成窝囊无能;他的家庭条件好,就会变成毫无主见的"妈宝男";他的收入稳定,就会变成没有上进心的"废柴"……

你总会因为自己的不喜欢,找出各种各样的理由去加倍地讨厌对方。

不客气地说,有很多人,会把不满意的另一半,当成自己人生的污点。

憋屈了自己,硌硬了别人。

这种情况很少有好聚好散,多数时候,散了也会记恨对方一辈子。

不要听从那些自己凑合得一塌糊涂后,还要告诉你嫁给谁都一样的扯犊子人士的建议。

  一辈子不是一眨眼,你婚后的喜怒哀乐,全凭鸡毛蒜皮的小事儿决定。

  你喜欢,你就会学着包容;你不喜欢,你就会加倍苛刻。

  你看不惯的,婚后一定会变本加厉地看不惯。

  所以,千万别给自己埋雷。

好的伴侣，不会让你越来越自卑

1 |

听说万年单身贵族宋姑娘上个月脱单了，死党群里马上有人八卦而关切地问她，被爱情滋养的感觉怎么样啊？

隔了很久，宋姑娘才讪讪地回道："跟他在一起后，我感觉自己越来越自卑，我以前怎么没发现自己这么差劲儿啊，你们咋不提醒我？"

本来死党群只是一个四人小群，大家都是关系很亲近的"损友"，有啥说啥，宋姑娘这么一句话，把我们都说蒙了。

在这之前，宋姑娘找男朋友挑肥拣瘦，而且她可是我们四个人中第一个敢穿露背装的姑娘啊！

到底发生了什么，会让这么一个"天下我最厉害"的自信姑娘变得如此卑微胆怯、瞻前顾后？

她给我们讲了一下这位"优秀"的男朋友。

宋姑娘属于丰满型，前凸后翘，骨架大。有一次她穿了一件挂脖长裙满心欢喜地去赴约，这位男朋友定定地看了她一眼，说了句"乡村非主流风，挺适合你"，她当时脸红到脖子，以后这件裙子再没穿过。

因为这位男朋友说她腿粗，所以她狂喝那种让人心跳加快、直冒虚汗的减肥药。因为焦虑过度内分泌失调，她一向不长痘的脸上，突然冒出来一大拨痘痘，这位男朋友和她吃饭的时候竟然选择跟她坐同边，原因是"你脸上这些玩意儿看着太恶心人了"。

有人在群里怯怯地问道："你确定他不是在跟你开玩笑？"

宋姑娘犹豫了一下，说："我不知道，但是不管怎么说，他老这么说我，我真的难受啊！昨天我拿了业绩奖金，要请他吃饭，他竟然说连你都能拿奖金了？那其他人得是有多差劲儿啊！"

"别说了，他嫌弃你是真心的，不是在开玩笑。"我实在是听不下去了，忍不住打断。

恕我直言，这种喜欢用语言暴力打压你，以此来获取自我优越感的男人，你离得越远越好。

2

好伴侣的定义到底是什么？

是给你关怀、给你钱花？是照顾你起居不忘牵挂？是爱你就会给你一个家？

我觉得这些都是最基本的。

很多姑娘从小经历了惨不忍睹的打击式教育,好不容易长成一个独立的个体,却不幸被一个骨子里看不起她的男人接手,从一个坑跳进另一个坑,这辈子也就算完了。

一个姑娘的气质与潜质,很大一部分是来自伴侣的适度宠溺与夸赞。

就像《苦月亮》里的女主角,男人视她为女王时,她性感、骄纵,隔着屏幕都能闻到充满女性魅力的荷尔蒙气息;当男人强行抛弃她,她为了挽留拼命讨好,不惜卑微成一个女佣,任他跟别的女人欢爱时,她面无光泽、目光呆滞、满脸瘢痕,宛如整容失败般悲怆。

有人会问,既然看不上我,为什么他们要来招惹我啊?招惹了我,又为什么三天两头地数落我这不好、那不好啊?

因为他目前没有更好的选项,又深以为除了他没人要你。

这种打击式的嫌弃,根本不同于情侣间调侃互黑、相爱相杀。

遇到一个不欣赏你的人,你会越来越自我怀疑、自我否定。

3 |

那么,有没有一种男人,他嫌弃你是为了让自己的伴侣提高呢?

有。

我的一个同学,叫她丝丝吧,是我们几个北漂女中第一个出嫁的姑娘。

至今我们聊起这事儿来,都说丝丝走了狗屎运。

之所以强调狗屎运，是因为丝丝虽然学历在我们之中最高，但在生活中简直是个没一点儿烟火气的马大哈，不打扮、不护肤、没存款、普通话说不好、工作一不顺心就换。

之前她相亲相了几任男友，都是以她一向男朋友抱怨，就马上被指责是因为她自己不上进，她自己水平不行而告终。

丝丝说，平日里老公也"黑"她不上进、五花膘，但他说完就拉着她去买了一身耐克运动服，还花钱帮她报学习班儿，搞得爱财如命的丝丝同学十分过意不去，蚊子见血般狂奔而去。

于是这个曾经四六不着调的小土妞，现在成了一个超级有品位的职业规划师。

所以，这类伴侣跟那些打击式伴侣有何不同？

打击式伴侣会在嫌弃你的时候，强调你的毛病，然后在你无头苍蝇似的乱撞时他在玩儿游戏。

鼓励式伴侣会在嫌弃你的时候，正视你的不足，然后陪同你一起改善问题。

4 |

有的人，无论找了谁都自认为是委曲求全，一旦确认关系就要不停地挑你的小毛病，不断地磨灭你的自信，直到你也相信了这样一个"事实"：

这个世界除了他，没有第二个人会要你。

为什么要如此？

因为那些需要通过贬低对方来成全自我优越感的人，骨子里一直都缺乏安全感。

这种通过践踏对方自尊来塑造男女关系的人，他们本身就是自卑的。

这种自认为屈尊跟你在一起的人，连对你最基本的尊重都做不到，你还能指望什么？

不要以为对你语言暴力、不断贬低打压的行为忍忍过去就好了，他们带给你的负能量远不止于此。

如果你不想下半辈子都活在自卑的阴影里，就赶紧远离那些不欣赏你的伴侣。

"你忙吧",是女人最大的谎言

1 |

一个男生火急火燎地向我求助:"轨姐,怎么办,我女朋友失联了,电话打不通,微信突然把我拉黑了,我根本没惹她啊,怎么会无缘无故就做得这么绝?"

无缘无故?别傻了,除了女骗子,女人绝对不会无缘无故地突然消失。

然后他给我大致讲了一下他们之间的最后一次对话。

他跟这个女孩儿谈了三年多恋爱了,虽然现在是同城,但平常不住一起,只是周末偶尔见一面,一块吃个饭。毕业前两人是异地恋,一毕业,女孩儿为了他背井离乡来到了他所在的城市,可他一天到晚还是忙忙忙。

直到一周前,她女朋友给他发来一张图,一条白皙的小腿血肉模糊,她说:"今天去小汤山一个同事那里拿东西,被狗咬了。"

他当时正在画图,回了句:"我在忙,等会儿啊!"

两个小时之后,他收到了女朋友一如既往的"体谅"回复:"你忙吧!"

在这之前,她不知道说过多少次"你忙吧",他这次当然也没往心里去。直到三天后,他突然想起女朋友被狗咬到腿的事儿,赶紧发个微信过去:"腿怎么样了?打针了吗?"

然而,他却收到了"请先添加对方为好友"的提示——他被拉黑了。

他一下从"忙"中惊醒过来,赶紧一通电话打过去,无人接听,再打,关机了。

这就是他理解的"无缘无故"的消失。

我问他:"你女朋友的腿都被狗咬烂了,你不该赶紧问一下吗?还画什么图啊,几分钟的时间都抽不出来吗?"

他想了半天,竟然给我扔过来一个烂大街的"金句":"我搬砖的时候没法抱她,我放下砖就没法养她。"

恕我直言,你在放屁!

天底下多数男人根本忙不到鱼和熊掌只能选一样的地步。

一个真把你当回事儿的男人,忙完一定会记得马上找你。

2 |

好多女生问过我,被男人冷落了,该干点儿什么转移一下自己的注意力,让自己死心。

我通常的回答是,你不需要做什么,多碰几次壁就好了。

别问我为什么,本人会告诉你我其实不是天生智慧,而是一次次傻傻地碰壁碰出来的吗?

在轨宝宝还纯洁得不谙世事的时候,她也是个一谈恋爱就会变成"小黏黏"的不争气的玩意儿。

当时有个男生主动追求轨姐,他长得还挺帅的,尤克里里弹得像首诗。毕竟轨姐当时是一个地道的颜控,当然是选择答应他了。

可是这个男生,明明是他主动追求,才一周的工夫,就从一天24小时不停聊天,变成了三天没有一个电话、一条微信。更可恶的是,有时候是他主动约了我,但等我快到约会地点的时候,他突然说自己有点儿事儿要忙,临时来不了了。

你们都体会过这种心情吗?准备好最好的状态,化了最精致的妆,香水喷了半斤,半分钟照一次镜子,十秒钟看一次表,然后希望落空。

有一次,我端不住了,主动给他打了一个电话过去,半晌他接起来,我说十句,他"哦"一声。

我问他:"你是不是有事儿忙着啊?"

他顿了一下,说:"我正在打游戏。"

我脖子一凉,瞬间像是被什么击中了一样,果断说了句:"你忙吧!"

晚上,他从游戏中爽完了,跟我说了一句:"抱歉,今天没顾上跟你聊天啊!"

本来我还很幼稚地想也晚点儿回复他,玩儿一把心理博弈,但人家紧跟着就发了一句"累了,早点儿睡吧,晚安"。

一周之后,他跑到我家楼下,问我为什么不接他电话、不回他信息的时候,我就很礼貌地放开了我家那只叫"大黑"的狗子,送了他最后一程。

"你忙吧",是女人最大的谎言。

女人失望多了,就再也不会问你有没有时间。

你敢把她们内心的失落当成懂事儿,她们就敢把你当成风中的一个故事。

3 |

但当你遇到真命天子,在你说"你忙吧"的时候,他通常的反应会是什么呢?

讲一个谭老板的故事吧。

大概四年前吧,谭老板约了我们去一个酒馆打牌,顺道谈个项目。

酒馆刚好也是我们中的一个小兄弟开的,叫他老K吧。

当时我们在距离酒馆三公里外的一个商场门口集合,约好了集合后一起步行到老K的酒馆。

我和老K在等谭老板的时候，突然看到他抱着一个打开的笔记本电脑朝着我们狂奔而来，样子十分滑稽。

"老谭，你这是干啥，出门还带着工作，走路还开着电脑啊？"老K显然是被震住了。

你猜怎么着？谭老板急吼吼地说："少废话，快！带路去酒馆，我的笔记本马上要没电关机了！"

我们真以为他正谈着几个亿的生意才这么紧张，等我们到了酒馆后，谭老板赶紧插上电源长舒一口气说："妈的，差点儿断了跟我媳妇儿的对话。"

我跟老K全都懵住了。

原来谭老板最近谈恋爱了，超喜欢一个女孩儿。两人仿佛有聊不完的话，一路上把谭老板的手机聊没电了，谭老板灵机一动，在手机关机之前，登录上了微信网页版，但没想到笔记本电脑也没多少电了，这下可把谭老板急坏了。

虽然女孩儿跟他说"没事儿，你先忙吧，忙完再聊"，但沉迷于爱情无法自拔的谭老板绝不答应，说着"还没到，还没到，咱还能聊会儿"，就出现了刚才他端着一个打开的笔记本电脑四处找电源的一幕。

谭老板是富二代，偏偏又是一个积极上进的富二代，在我们圈子里是个出了名的淡泊名利却又身家显赫的钻石王老五。有一次为了参加我们的聚会，他把一单上千万的生意生生给晾在了一边，当时我就觉得，有钱任性，真好……

这次谭老板依依不舍关电脑之前,还跟对方交代了半天他今天下午聚会主要跟我们谈些什么事儿。

老K不解地问:"你跟女朋友说这么多干吗?她跟咱是一个业务体系的?"

谭老板慢悠悠地说:"不是啊,跟她说明白了她就不会胡思乱想。"

所以,你看出真相来了吗?

一个男人总对你说忙,说明你的优先级根本不够。

一个男人要是特别在乎你,就不会只用一个"忙"字打发你,而是尽量抽出时间说清楚他要忙什么事儿,因为他不想让你胡思乱想。

4 |

一个"忙"字,意味着"心亡"。

所以女人跟你说"你忙吧"的时候,她的心估计也死得差不多了。

女人心死的失落,多数是因为她压根儿不知道那个整天对她说"忙"的男人,到底是"真忙",还是"假忙"。

对姑娘们来说,男人忙其实也没啥可怕的,可怕的是他根本就不想着你。

所以,当女人一次次地在"你忙吧"中主动挂了电话时,你就要警惕自己的危险处境了。

因为,男人经常忙着忙着就把女人忙没了。

你哭够了没有？哭够了，我就挂电话了

1 |

有个哥们儿跑大理"放空"自己来了，我们约在一家本地菜馆一聚，因为相识多年，我知道他爱吃凉米线。

他一放下背包，电话就一直响个不停，他连连跟我们几个致歉，一趟趟地出去接电话，回来还阴着个脸，但依然不忘陪酒道歉、言笑晏晏。

"哎，你要有事儿就先处理事儿，咱们改天再约也行呀！"我笑着说。

"没有，我没……"他嘴里的"事儿"还没吐圆，电话又开始铃声大噪。

这哥们儿接起电话来半晌没说话，末了冷冷地说了句："你哭够了没有？哭够了，我就挂电话了！"

"啪！"桌上的手机一下安静了，像是在传递着一个陌生女孩儿的绝望气息。

我一下惊了。

这哥们儿平日里根本不这样啊,脾气好是出了名的,怎么一到对待要分手的女孩儿,竟能如此翻脸无情?

"你跟人家姑娘这么说话重了点儿吧?"桌上有爷们儿倒是忍不住说了他一嘴。

他苦笑一声:"话要是说轻了,那就没完没了了。"

我脖子一凉,胸口像是挨了一记闷拳。这哥们儿真是给在座的人都上了生动的一课。

终于知道为什么好好的一个人能说翻脸就翻脸了。

不是性情大变,不是心情不好,不是欲擒故纵,不是还在气头上,不是你这个月"水逆"。人家要的很简单:结束一切,越快越好。

只要不再相互喜欢,你的坚持就是对方的负担。

2 |

如果你半夜哭着给他打电话,委屈也好,求复合也罢,道歉也好,卖可怜也罢,电话那头要是不再紧张你,也不去安慰你,只是冷冷地对你说了一句"你哭够了没有?哭够了,我就挂电话了"。

一定记住,千万不要再打一次了。

不是劝你留住女孩儿最后的尊严,也不是说最后一次了还是得要点儿脸。

舍不得一个人，当然要挽留，但在苦苦挽留无效、热脸贴到冷屁股后，一定要及时收手。

永远不要对舍得伤害你的人充满期待。

你给伤害你的人开了先例，就等于赋予了对方一次又一次伤害你的权利。

有姑娘最受不了的就是"他对我放了狠话"。

但是，姑娘，这未必是坏事儿。

一个人如果一次性伤你不够彻底，他一定还会一而再、再而三地给你带来伤害。

这才是这世间最折磨你的慢性死法。

3 |

大三那年，我陪伴过一个失恋的姑娘，暑假她不肯让我回家，说如果没人陪着她度过那段黑暗期，她可能会自杀。

吓得我们几个朋友轮流陪她，人人搞得身心疲惫，可她还是完全没有转好的迹象。

我们那个时候个个都是不谙世事的小孩儿，说的道理她都懂，可她就是油盐不进，整天神神道道的，前一秒钟说要好好吃饭，后一秒钟就要把自己哭吐了，而且还得要我们陪她去玩儿一个那男孩儿喜欢玩儿的游戏，说这样会让她感觉自己还没失去他。

我之所以在上文中说，听到那句"你哭够了没有？哭够了，我就挂电话了"时感觉胸口挨了一记闷拳，是因为，这不是我第一次听到这句话了。

第一次听，就是这个女孩儿坐在我身边哭着给男孩儿打电话时，对方一字不差地吼出来的。

他嘶吼得如此猖獗，以至于坐在一旁的我都听得震耳欲聋。

可她不管啊，还是失心疯一样非要追问人家为什么要这样对自己，那头的电话直接挂了。

我不知道怎么劝她，就哄她说："要不然我陪你深入了解一下他吧，打听点儿跟他有关的但你不知道的事儿，你就当给自己找点儿事儿干，但是不要再去打扰人家的生活了。"

她欣然答应，说特别感激我，因为我是唯一一个还会支持她坚持喜欢那个男生的人。

我苦笑。

这姑娘一个月后竟然缓过来了，还忙不迭地准备考证了，更要命的是，她自己都能主动拿这男生开玩笑了。

简直把我惊呆了。

你们知道发生了什么吗？

她真去查人家了，而且满载而归。

那个之前在她眼里可以封神的男生，其实先前在自己班里谈过几个女朋友，因为老蹭女朋友的饭卡吃饭，所以一个个都分手了。班里混臭了之后，就只能从外系找女朋友了。她还女扮男装偷混进这个男生的寝室里，眼见的那画面更让她兴致全无——床单上沾满了干干巴巴的可疑物体,都不知道洗洗……

啧啧,她把自个儿都说恶心了,然后快乐地去吃大腰子了。

这个世间的执迷不悟与仰慕,都可以用失望来治。
只有让你失望,他才会变得普通。

4 |

很多人失恋的时候喜欢在微信后台找我聊天,她们也不是非要挽留不可,就是想有个人跟她们说说话,能让自己好过一点儿。

小轨最近在读太宰治的《晚年》,里边有段极好的情节很戳心,分享给你们:

我曾经想到过死。今年新年的时候,有人送我一身和服作为新年的礼物。和服的质地是亚麻的,上面还织着细细的青灰色条纹。大概是夏天穿的吧,那我还是活到夏天吧!

希望便是如此,都是一点儿一点儿给自己的,攒多了,你就活过来了。

下次再有人在电话里对你说"你哭够了没有?哭够了,我就挂电话了"的时候,你记得安安静静地回一句"去你大爷的吧"。

我不是教你酷,只是告诉你,歇斯底里换不来爱情。

Part 3

她只是
不喜欢你

你不满足她的条件，也许只是因为她不喜欢你

1 |

有个跟我住同一小区的小男生，不久前送了我一幅水墨画，他自己画的。他给我送画的时候，我看他好像是有事相求的样子，吓得我不太敢收，但他一再肯定地告诉我，没事儿，真没事儿。

前天晚上，他从国外回来，这次直接杀到我家来了。

看来事儿来了。

他喜欢上了一个女孩儿，但这女孩儿直接告诉他，他并不满足她的条件。

她的条件到底是什么呢？

身高一米八五以上，有房有车，父母没离异，讲话声音好听，手指好看，皮肤要像鹿晗那么白。

他自身的条件是怎样的呢？

身高一米八七，有房有车，父母没离异，讲话声音蛮好听，天生的钢琴手，但唯一的一项，他皮肤并不白，但也说不上黑，确切点儿说，是那种健康的小麦色。

为了让自己达标，他学着小姑娘敷面膜；听说用醋洗脸能变白，他洗脸柜上常年摆着一大瓶醋。但不管他怎么努力，都没有达到姑娘条件中要的那种白。

他真是没辙了，就跑来问我有没有好法子能让皮肤变白。

听完我差点儿笑岔气——一个大男生，数度难以启齿的问题，竟然是向一个小姐姐请教美白秘方。

我说："赶紧死了这条心吧，别瞎折腾了。"

他惊问："为什么？"

2 |

你大概听过三毛和荷西当年讨论自己想嫁什么人的那段话。

三毛："看得不顺眼的话，千万富翁也不嫁；看得中意，亿万富翁也嫁。"

荷西："说来说去，你还是要嫁有钱人。"

三毛："也有例外的时候。"

荷西："如果跟我呢？"

三毛："那只要吃得饱的钱也算了。"

荷西思索了一下："你吃得多吗？"

三毛十分小心地回答:"不多,不多,以后还可以少吃点儿。"

就是这样啊!

碰到喜欢的男人,她们会不管不顾,什么底线都不要了,非要跟你走。

如果她不喜欢你呢?

当年我被一个姐妹拖到国贸一带的一个餐厅,她对着对面的男生说了这样一句话:"我一瓶香水就是你半个月的工资,你追得起我吗?"

对面的男生显然大跌眼镜,脸色一会儿白,一会儿黑,最后恶狠狠地丢下一句"拜金",提着外套就走了。

我都惊呆了,问她:"干吗说这么伤人的话啊,你平常不这样啊!"

她说:"我不喜欢他,不想浪费时间。"

所以,如果你觉得对面这姑娘眼眶子高、毛病多、跟你想象中不太一样,很有可能只是因为——她没看上你。

3 |

大概三年前的一个晚上,好友王二妞同学在家里加班想创意想到头痛欲裂,索性关了电脑给我拨了个视频电话开始疯狂吐槽。

"你说老子是作了什么孽啊,这把年纪了还连个依靠都没有!25岁以前,别人问我想找个什么条件的,我张嘴就是有车有房、父母双亡、身高、体重、学历样样都得卡着我的指标来,结果我找不到啊!25岁以后,再有人问我,我就说感觉对了就行,我要求放得多低了啊,是吧?可老子还是找不到啊!"她在那边一边控诉,一边抽烟,整个人看上去像个落寞又不甘的江湖大佬。

我笑得脸都变形了,回她:"其实你25岁以后的条件比25岁以前的条件更高了。"

她一脸不服:"此话怎讲啊?"

我说:"物质这种东西,简单明确,反而好满足;至于感觉这种东西,那就太扯淡了。"

女人跟你说"随缘吧""看感觉吧",听上去多随和啊,但是实际上真不像她们口中说的那么随便啊,而是在硬件条件上又加上了一层她们随时可以拿来拒绝你的无形条件。

像王二妞这种口口声声跟硬件条件死磕的姑娘,你知道最后嫁了个什么样的人吗?

去年我去参加她的婚礼,看到新郎的时候我简直不敢相信。

我把她拖到一边再三问她是不是受了什么刺激,她回我以微微一笑,告诉我:"这个男人就是我超爱的!"

王二妞个子足足有一米七,我们圈子里几乎谁都知道,给她介绍男朋友,个头儿最少得一米八,比她高一头是她的外形标准里可以接受的底线了。

可眼前这位新郎,确切点儿说是一个大她12岁的"大叔",看上去比穿着高跟鞋的王二妞矮一大截儿。

所谓的理想型，多数都是女人一时兴起的臆想。

那些在起初嚷嚷着这条件、那条件的姑娘，到头来还不都是一个个的跟没房、没车、长相一般的男人爱得死去活来？

4 |

很多人都劝这些姑娘："再挑下去，你可就剩下了啊！"

但你吓不到她们，她们还是要跟你讲条件。

就像我一个姐妹说的："条件还是要提的，万一实现了呢？"

原谅这些丫头片子有着不死的梦想吧！

她原以为自己等的是白马王子，却一不小心被小痞子收了心。

她原以为自己等的是"高富帅"，却一不小心被草根小伙儿勾了魂。

哪个姑娘起初不是对另一半充满偶像剧一般的期待，抱着英雄电影一般的情怀，希冀金屋藏娇般的万千宠爱。

但到最后呢？

爱上谁就是谁了。

你不是孩子气，是懦弱

1 |

"轨姐，都说男的有'幼稚病'和'中二病'挺可爱的，但我真是受够了！"

听完事发经过，我大概了解了，姑娘之所以绝望地抛出一句"受够了"，是因为她的男人从来不认为自己错了。

那天是姑娘的生日，两人欢天地喜地约好了去一家西餐厅吃饭，结果吃到尾声的时候，男朋友突然接到了游戏队友的电话，让他赶紧过去"厮杀"。他二话没说，抓起外套就打车走了，当然临走前还非常体贴地让女朋友坐公交车回去等他，他信誓旦旦地表示自己江湖救急之后，就马上带着生日蛋糕回去跟她共度良宵。

他说的这个"马上"，是六个小时之后，接近半夜才到家，而且是空着手。

他一到家就发现她坐在桌子旁号啕大哭,一个没打开的生日蛋糕就摆在桌子中央。

"你哭什么啊?你看你自己这不是买生日蛋糕了嘛,还哭!"男朋友不耐烦地说。

"你不知道我为什么自己买生日蛋糕吗?因为我知道你一打游戏就什么都忘了!我就知道你不可能记得买!"她哽咽着,目光中是委屈,也是期待。

"行了行了,有就行了,谁买不一样,非要那么较劲儿干吗!快点蜡烛许愿吧!"男朋友催促着。

"你连句道歉的话都没有?"她神色一黯。

"我就跟兄弟打个游戏,我做错什么了就整天道歉道歉的?有完没完?"

"没完……"

两个人因为该不该道歉的问题,一直吵到了半夜十二点半,这个时候她才恍然意识到,自己的生日已经过了,一下子委屈得咆哮起来——没来得及点蜡烛、许愿、切蛋糕,就因为对方不肯道歉而让生日这天就这么过去了。

男朋友也怒了:"要不是因为你咄咄逼人非要吵,我们能误点儿?我是特意赶在十二点之前到家的!"

她一下把蛋糕推到地上,留下一句:"你永远都没错,我们算了吧!"

然后她夺门而出。

男朋友意识到问题的严重性,像往常一样给她发微信催她回家。

"轨姐，你知道他都给我发了些什么吗？'外边冷，快回来吧'，'下一年生日我24小时陪着你还不行？'他绝对不会说一句'我错了'，更别指望什么道歉，等我回去之后，他还会继续这样，一点儿都不会变。这种'中二病'我真是受够了……"

等等——这真不是什么"中二病"啊，人家"中二病"多可爱啊，一口一个"小姐姐"，没事儿就瞎吃你的醋，手机屏幕是你，聊天背景是你，喜欢你可以在你家楼下等你一晚上，大街上喜欢拉着你的手走路宣示主权。但你男朋友这病啊，是你惯出来的"自私病"。

"自私病"比较严重的男人，都会把认错当成对自己尊严的践踏，把推卸责任当成解决问题的习惯。

这种出了问题从不认错，永远都在想方设法找你的原因的男人，你是如何忍到今天的？

2 |

这个姑娘的经历，让我突然想起来一个姐妹。

当年她谈了一场姐弟恋，男的比她小五岁，车子、房子都是她出钱买的。好些人劝她要谨慎，她总是不屑一顾地跟我们说："嗨，老子能挣钱，男人只要负责给我爱就行，他真喜欢我才在我面前表现得像个孩子啊！"

啧啧，听上去好像还有点儿甜呢！

但现实哪有那么容易。

我们眼见着她逛街的时候买的都是她男朋友的衣服,眼见着她为了给她男朋友找工作到处找关系赔笑脸,眼见着她男朋友跟我们一起聚餐的时候一直低头玩手机,吃饱了就说"先走了",留下她尴尬地跟我们解释"他有急事儿"。

感情就是这样,旁人看不惯没用,得靠你自己一次又一次的失望才能看明白真相。

终于,那天夜里她迎来了临界点的最后一次失望。

她的小男朋友半夜出去找人打麻将,一直打到深夜两点多,她在家里忐忑不安,一次次打电话催他早点儿回来,不然总担心得睡不着。

结果,小男朋友深夜两点半打电话过来咆哮:"让你催!让你催!催得我一着急开车撞树上了吧!明天你自己开去4S店修车吧,我不管了!"

什么?你打麻将玩到深夜两点多才回家还有理了?你车技差把别人的车撞烂了还把责任推到你女人身上去?

这可不是幼稚不懂事儿,这就是没担当、心眼太坏!

就是这件事儿,让这位一直做梦的姐妹一下惊醒过来。

我依然清晰地记得当初她决然离开时的那句话:"都说男人真喜欢你才在你面前像个孩子,可老子不想当他娘了!"

那些永远都认为自己没错的男生,不是孩子气,是懦弱。

3

很多姑娘喜欢《春娇与志明》，是因为在里边看到了自己的影子。

余春娇抱怨："你永远第一时间只想自己。"

你想到了自己的他。

余春娇在一次次的坚持中泄气又试探般地反复说出那句"算了吧"。

你想到了自己。

很多男人会觉得女人太较真儿——两个人相处不应该包容一点儿吗？非要分出胜负有意思吗？

没意思。

她们比你更觉得这事儿摆到台面上说没意思。

你以为她们要你道歉，是因为缺你一句"对不起"？

你以为她们要你说"我错了"，就是为了让自己显得高高在上？

你当女人都天生爱"作"吗？

她们要你道歉，是希望你认识到事情的严重性，下不为例；她们想听一句"我错了"，是希望你真知道错了，下次别再用同样的方式去伤害她。

谁在乎你错没错啊，女人在乎的是你改不改。

正因为你一直无所谓，一直遇到问题就推卸责任，她们才在一次次失望中萌生了"算了吧"的念头。

4 |

就像是杨千嬅说的那样:"女人到一定年龄会迷失,没有安全感。她更需要一份稳定的感情,不想有飘忽不定的感觉。这也是第三部余春娇的内心,同样也是很多女人在爱情到达某一阶段时的担忧。"

你总要面对问题,总要处理磨合,总要在一次次磕磕绊绊、吵吵闹闹中找到两个人解决问题的模式,才能越相处越轻松。

你不能总是逃,不能总是用"你不这样我能那样?"的托词一次次地去推卸责任。

你如果总让女人感觉自己是在带孩子,总有一天,她会悻悻退场,告诉你她没有时间等你长大了。

"我想分开一段时间。"
"不用了,直接分手吧!"

1 |

"轨姐,轨姐,快帮帮我!我男朋友请假回了老家一趟,回来之后就像变了个人一样,对我不冷不热的。昨天晚上一起吃完饭,他突然跟我提出来想要分开一段时间,问他原因也不说。他到底什么意思啊?"这姑娘真是急坏了。

"那你没问问一段时间是多久啊?"我问。

"问了问了,他说先分开一个月吧。这期间让我不要找他,他想认真重新考虑一下我们之间的感情。可他走之前我俩一直好好的啊,我真不知道自己做错什么了,真有做错的地方我可以改啊,为什么不告诉我?"

"你说呢?"

"他想分手?"

"嗯，缓期一个月执行。"

她号啕大哭。

为什么会有那么多人不直接说分手，而是非要面露难色地跟你说"我们还是分开一段时间吧"不可？

是他们还念旧情？还是在给你最后的机会反省？

遗憾的是，这两种情况往往都是"被"分开一段时间的一方的臆测与期望。

而真相通常是，"分开一段时间"，就等于给你缓口气的工夫再说分手。

2 |

"我想分开一段时间"，这句经典的分手前奏台词，从男生口中说出来和从女生口中说出来，往往意思不同。

当女生对男生说"我想分开一段时间"时，意思最为扑朔迷离，男生一着不慎，女朋友就真飞了。

很多男生在遇到女生对自己说这句话的时候常常是一脸费解，第一反应就是"我到底做错什么了"？接下来就要琢磨是真给对方时间"静静"，还是趁机表决心痛改前非。

如果判断失误，很有可能适得其反。

比方说，下雨了，你女朋友王翠花在公司等你接，你却在家抠着脚丫子不愿意出门，非要让人家等雨停。王翠花像往常一样真的等雨停了才回家，像往常一样做好了晚饭、刷了碗，第二天一早出门前冷冷地跟你说："我觉得我们还是分开一段时间吧！"这个时候你如果不表示一下痛改前非的决心，而是真让她"静静"，那女朋友就真飞了。

再比方说，你平常对你女朋友王翠花宠爱有加，但有一段时间王翠花突然对你比较冷淡，别说做爱了，就是摸一下都要及时躲开，目光游离。然后终于有一天她满脸愧疚地对你说了句"我觉得我们还是分开一段时间吧"，这个时候你就别上赶着黏人家了，赶紧用这"一段时间"准备准备如何接受分手这个事实吧！

判断女生是气话还是变心，是决定你接下来到底该怎么办的指导风向。

如果对方说这句话的时候，冷漠而气愤，往往就是对你发出最后的表现通牒，这个时候你就该发挥一下磨人的本事了，一定不要答应，肉麻的话、离不开对方的话赶紧真情流露，鼻涕、眼泪别绷着了，总之一定要悲惨，要全面意识到自己之前的不足；或者答应了以后保持高频的嘘寒问暖与求和欲，想方设法提前结束"这段时间"，只要能约出来，你就赢了。

但如果对方说这句话的时候，满是愧疚、话语温柔，那你就别挣扎也别犯贱了，相信轨姐，一切都没用了，别浪费最后的时间与尊严了，赶紧调整调整心态，等着对方给你下达正式分手的通知吧！

3 |

但男生对女生说"要不我们分开一段时间吧"这句话时，七成都是决绝。

曾经有个大一的小姑娘遭遇了男朋友"分开一段时间"的提议，她问到的原因是"我发现自己没有以前那么爱你了，怕继续稀里糊涂跟你在一起太不负责任"，她一听还挺感动——竟然一切都是为了我。

但你们猜真相是啥？

当然是劈腿啊！

那段时间她男朋友觉得她太碍手碍脚了，因为他看上了别的姑娘，又不知道自己能不能追上，害怕先分手的话，万一没追上就鸡飞蛋打了。于是这男生就想了这么一个"万全之策"，让她等着，自己拿这段时间去追女神了。

结果女神还真让他追上了，这小姑娘的最终命运当然是不可避免地收到了"我考虑过了，我们还是不合适，分手吧"的正式通知。

所以，当男生对你说"我们分开一段时间吧"的时候，往往出于什么原因呢？

①他喜欢上了别人，但没有勇气承认。

②你没有过错，他实在不好意思直接提分手。

③这段感情没救了。

所以，当有姑娘遭遇"分开一段时间"后不死心，偏要挣扎着见最后一面的时候，我往往会温馨提示一下对方："你是想去见什么？见见男人当面狠下心来的模样?"

可别给自己找难堪!

一段感情,能不能挽回,你其实心里比谁都清楚。

千万别对一段去意已决的感情死缠烂打,不然你不但当时恶心了对方,还会在反应过来之后恶心到自己。

4 |

如果你本意不想分手,最好不要提"我想分开一段时间"这茬儿,哪怕你换个表达方式说自己想冷静一下,也比那"一段时间"来得更有余地。

有时候你以为"一段时间"是消消气再和好如初,到最后却变成了"一段时间"后没了感觉形同陌路。

你一定听过《一千零一夜》里的一个故事。

有个渔翁,某天打鱼时捞上来个瓶子,当他打开盖子时,一只妖怪跑了出来,对渔翁说要杀了他。渔翁当然不解了——老子救了你,你倒反过头来杀我?

妖怪是这么解释的:头一百年,妖怪发誓,谁放了他,他会让这个人成为一国之主,天下所有的财宝都属于他,结果一百年过去了,没人救他;于是妖怪又许愿,在接下来的一百年里,谁救了他,他会每天实现那个人三个愿望,结果还是没人来;到了第三个一百年,妖怪发誓,以后不管是谁把他放出来,妖怪一定要杀了他。

听上去妖怪是不是恩将仇报、蛮不讲理啊?

嗯,但也能看出,如果让一个人期待得太久,他就不再心存幻想。

所以,你如果本意不想分开,就别让那句"我想分开一段时间"说出口,因为你根本不了解"一段时间"对于感情的怠慢是一种多么不可逆的杀伤。

最后,轨姐要给你们送避免被动的良策了——

如果真有人对你说了那句"我想分开一段时间",你该怎么回呢?

"不用了,直接分手吧!"

强扭的瓜不甜,但是解渴啊

1 |

一个不太地道的姐妹,招呼都没打一个就向我甩来一个需要情感帮助的男人,而且是直接找到我正在码字的那家咖啡馆。这位男子兴致勃勃地张口的那一瞬间,我就知道这注定是一场"尬聊"了。

"小轨,听说你是情感专家,快帮帮我,帮我追到我的女神,她简直油盐不进啊!"

这是他的开场白。

经过他长达半小时的描述,我大致了解了他目前跟女神之间的相处状态。

这是一位长相一般、落座之后看了三分钟菜单都舍不得点上一杯最便宜的美式咖啡的"经济适用男",尽管如此,他却拥有着令我叹服的"谜之自信"。

他说自己已经谈过了八位女朋友，都是靠他死缠烂打追过来的，但时间久了他发现"这不是自己想要的"，于是分手。遇到这个女神的时候，他也是极尽各种手段，终于赢得了一个"试试看"的机会。

但不出一周，女神便果断拒绝了他，理由是价值观不一样。

据他说，原因只是一件极小的事儿。这位男子的姑父得了糖尿病，他第一时间往各大群里发了"轻松筹"，约女神出来的时候，还把链接发给女神，让她往自己认识的所有群里转发一遍。

女神表示震惊——且不说我跟你才刚刚开始交往，我跟你姑父尚未谋面，我朋友们跟你姑父更是八竿子打不着，为何要让他们去捐款？你让我捐款还说得过去，毕竟我们关系亲近一些，但凭什么去绑架那些朋友的朋友？

这男的当时怒了，痛斥女神没爱心，女神愤而离席，他马上后悔了，想道歉。

用他的话来说，他认为情侣间吵架是正常的，不能吵一次就分手，所以想挽回，但女神直接拉黑了他的一切联系方式。

"小轨老师，我实话跟你说了吧，我是个情种，不想就这么放弃她，请你帮帮我。"

我惊了，希望尽快结束这场对话，于是尴尬地笑着，告诉他："那啥，强扭的瓜不甜。"

他竟然大义凛然地表达了自己的不在乎："强扭的瓜不甜，但是解渴啊！"

我去你大爷的吧，你的节操在月黑风高夜走丢了吗？

给你几分颜色,你就以为自己能开染坊是吗?

我收拾东西平和离开。

无他,这样的"好友",果断让他下线。

然后,我们来聊聊为什么会有那么多人偏偏喜欢强扭的瓜。

2 |

男女之间的感情,讲究个瓜熟蒂落。

需要强扭的,多半火候未到,彼此之间了解得不够,这个时候强行扭下,当然不会甜。

但就是有人偏偏喜欢这种火候未到提前攻下的成就感。

这种成就感关乎从感情地位中的下风反转到上风的逆袭,无关他有多爱一个女人,更多的是满足"集邮男"心理上的"攻克感"。

就像上文中那个男的说的那样,强扭的瓜不甜,但是解渴。

这种男人通常的表现是,追你的时候各种"跪舔",灵魂伴侣、唯一挚爱、哈尼达令、小宝宝信手拈来,到手之后就各种挑剔、敷衍、看不上、不合适,仿佛突然发现"其实我们不是一路人"。

不是一路人你干吗把人家小妞往家扛?

你以为所有不熟的瓜扭下来就能放熟吗?不知道还有可能会放烂?

想睡,那是喜欢;敢睡敢担当,才是真爱。

所以,姑娘们要警惕那些追起你来超级疯狂的乍见之欢,任何不加了解就要跟你一生一世的狂热,不过是"裆下风浪"。

3 |

之前有个执迷不悟的姑娘,在我微信后台里跟我聊了好长一段时间,几乎我每天早上登录后台,都能看到她十几条留言,而且每一条都得有好几百字。

她就是一只被强扭下来的瓜,如今烂在了地里。

当初的扭瓜人已出国找洋瓜吃去了,她却还在那片凄风苦雨的老瓜地里回不过神儿来。

"睡够了再说不合适,早怎么不说啊?"

"婚都结了再说不合适,早怎么不说啊?"

"孩子都这么大了再说不合适,早怎么不说啊?"

很多女人都不太理解这种男人:当初是你死乞白赖地求我、追我,说要一生一世对我好,好,我答应了;现在我动了真感情,付出了婚姻和半生的青春,你却来跟我说不合适?为什么啊?凭什么啊?

贾樟柯的《天注定》里,罗兰山向李梦表白,李梦淡淡地问了句:"你了解我吗?"

这句话被很多人理解为被拒绝时听到的最狠的话。

为什么这么一句话就可以让对方绝望?

因为对方心里门儿清,自己根本不是她心里想要的那个人。

了解,才是最有力的自保。

支撑了解的,是价值观,是生活方式,是底线,而不是那副一见如故的皮囊。

4 |

有人告诉你,感情是培养出来的,放心去扭瓜吧少年,这强扭的瓜早晚会甜的。

但他不会告诉你,他才不在乎甜不甜,只要扭下来他就高兴了。

很多人不了解自己,不了解你,也不了解爱。

他拼命要扭下你这颗瓜,不是因为有多爱,只是因为他渴了。

你应了一份不了解的爱,便收下了世间最残酷的刮骨钢刀。

当每次送礼物都变成了要礼物

1 |

今天早上刚醒,就看到微信里将近三十条留言,全是一个叫木木的姑娘发的。

她说自己就跟个傻瓜似的,每次一到节日,就期待着一过零点能收到男朋友的一点儿表示,没有礼物没关系,没有"520"红包没关系,哪怕是一条"节日快乐"的问候也行啊!

然而,都没有。

这个时候,她就会疯狂地去刷朋友圈,看到自己的闺密花式秀礼物撒狗粮,那一刻的感受,别提多心酸了。

经过了两个情人节、两个生日,再加上两个"520",男朋友都毫无表示,她终于心灰意懒了。今天一大早,她忍不住把朋友圈各种收红包的截图转发给男朋友看,过了一会儿,果然收到了成效。

嗯,她收到了对方发来的5.20元的红包。

当时她就笑了，笑得跟哭似的。

于是，她问我，是他不懂，还是不爱？

这明摆着就是个陷阱问题，我可不跳，干脆就说，是不懂吧！

木木一下就炸毛了："他不懂？他不懂为啥知道送客户走的时候给人家送个礼物？我都不要脸成这样了，明摆着'要礼物'，他发个五块二的红包不是在羞辱我是什么？"

几乎每到一个节日，木木都发一次飙，大吵一架，找一圈人劝慰她。我们都说，哎呀，真是太渣，那分了吧。可人家气过去，掉头又和好了，搞得我们"尴尬癌"都犯了。

这类姑娘其实挺多的——别人一到节日就收到各种礼物，她一到节日就吵架。

那么，如果一个男人从来不知道在节日表示一下，他到底是不爱，还是不懂呢？

一个女人明明不差钱，却偏偏计较一份礼物的圆满，她们又到底在计较些什么呢？

小轨试着帮你们分析分析。

2 |

节日从来不送女朋友礼物的男人，一般有三种情况：一是不够爱，二是没开窍，三是不在乎。

比较遗憾的是，第一种情况占了多半。

之前听一个姐妹讲过自己的"奇葩"男友。他们两人是异地恋，每当临近节假日时，男朋友总要跟她吵上一架，时间久了她才弄明白，男朋友只是为了省礼物钱、省火车票钱。

姐妹有一次实在是看不下去他这个嘴脸了，索性撒娇式地暗示他："我也想去朋友圈晒个红包，让人家看看我男朋友有多爱我。"

他男朋友马上反驳道："你就是虚荣，别那么物质好吗？你是活给别人看的吗？"

一句话把她噎个半死，她突然觉得自己两年里一直强调的不要别人东西的好修养十分可笑。

那些眼见女人都把话摆桌子上了，实在躲不过去就反骂女人贪图物质的男人，他们往往比谁都爱钱，比谁都敏感。

这类男人脑子里始终绷着一根弦——万一分手就亏了。

第二种情况，一部分木讷的老实人或技术男比较典型。

但这部分男人会把自身硬件毫不保留地统统交给你，在他心里，你们都是"老夫老妻"了，不需要搞这些花哨的。

有些男人就是天生的神经大条，如果你内心真的需要并在意这些小浪漫，就直接告诉他，你说了他就去改、去做，那就没毛病。

这类男人，不是舍不得，只是想不到。

第三种情况，比较奇特。他们内心就是反节日、反这种商业营销的绑架，这跟他们内心的价值观是冲突的，所以，他们不会因为别人画了个圈儿就马上跳进去跟你说"永远"。

这种类型的男人又存在两种极端：①从来不表示，节日更不在乎——这种男人，请你让他滚；②从来不计较，每天爱你如初，日常与节日不作区分——这种男人，你得搂紧。

每个人对仪式感的意义理解并不一样。

你不能以爱为名扭曲对方的价值观，也别跟那些太鸡贼的男人瞎耽误工夫。

3 |

那，一个男人送女人多贵重的礼物才算是心意到位了呢？

讲个故事。

我妈老是开玩笑说我爸坑了她。娶我妈的时候我爸太穷了，什么都没送过我妈，他骑着自行车拉着我妈进城转了一圈儿，这婚就算是结成了。

所以，你说男人这么糙，能靠得住吗？

去年冬天，我跟爸妈想去商场买点儿东西，就3公里的路程，很近，所以我提议走着去。

走出去才半公里，我爸突然要掉头回去骑自行车。我极不耐烦地说："犯得着吗，爸，这点儿路都不愿意走，咋锻炼身体啊？"

我妈在一旁低声说："他是怕我回来的时候走不动。"

这时我才意识到,此前我妈腿部做过手术,那之后腿一直不太能吃力,爬五楼要歇上三回,更不用说往返6公里的路。

猝不及防,我就被塞了一嘴"狗粮"。

一个女人,但凡能够从平凡琐碎的日常中感受到男人对她确定无疑的爱,她可能压根儿就不需要那份用来佐证他还爱着她的礼物吧!

我见过那种遍体鳞伤的姑娘,拿着半生的纯良去维系一段什么都不图的爱情,到头来却得了一种再也不信爱情的病。

所以,当一个姑娘跟我说"爱你有多深,用钱试试真"的时候,我听着就很难过。

我难过的真相是,她可能不知道,那些愿意用钱安抚她的男人,也常常会用钱去打发她。

一个男人过节送不送礼物、送多贵重的礼物,跟他多有钱没多大关系,更多的是取决于恋爱关系的进展与两个人认可的价值观。

当今的女人太缺乏安全感,她们总是想要证明你爱她,就往往会选择用你比较看重的东西去试探。

如果她用钱试你,那不仅仅是她的悲哀,也是你的悲哀。

礼物只是个仪式感,也可能只是一颗不死的少女心。

这颗少女心,你要庆幸她还有。当她什么都看淡了,她就再也不会这么轻易被满足了。

而且,女人真正想要的,其实不是什么礼物,而是一份被你永远放在心头的挂念。

为什么你总把持不住跟姑娘鬼混

1 |

又有哥们儿找我忏悔来了:"我跟我女朋友还有一个月就结婚了,但我最近干了一件挺对不住她的事儿,不知道要不要坦白,但我的良心真的很受谴责,我现在都不敢拿正眼看她。"

他说得比较啰唆,我给你们总结一下这个故事的梗概吧。

他的一个"异性哥们儿",听说他快要结婚了,叫了三五好友约他出来婚前放飞一下,说是要最后一次体会一把疯狂。大家玩到半夜一点多,其他人都四散而去,就这位"异性哥们儿"不肯走,借着酒劲儿哭得声嘶力竭,颇有一番嫁女儿般的不舍与悲壮。最后没辙,他索性就把这位"异性哥们儿"送到附近的一个酒店安置下,但"异性哥们儿"扯着他的衣领子不让他走,还想再"交交心"。

他看到此番场景,也不禁伤感万分,于是坐在床边对这位"异性哥们儿"安抚性地拍了几下。两个人酒入愁肠忆往昔,聊着聊着,这"异性哥们儿"就翻到了他身上,双手勾住了他的脖子,与他深情对望。他觉得此时推开对方实在太伤姑娘自尊心,正犹豫着,姑娘一个热吻压了上来,他僵硬了一下,就一脚踏入了温柔乡……

第二天一早,他悔恨万分,魂不守舍了一阵,决定找我开解开解,并一再强调,他真是面子上抹不开才犯的错。他说这"异性哥们儿"的重要性跟自己的"准媳妇儿"根本不能比,他一点儿都不想破坏自己婚姻的完美,这次真是一时没把持住。

"所以,我这不能叫劈腿鬼混,对不对?"他满脸期待地向我求证。

我面露难色:"那该叫什么?礼貌性上床?"

怎么能这么无耻呢,兄弟!

都快结婚的人了,玩儿到这么晚还把人家姑娘送上床?都快结婚的人了,不知道如何保持跟异性之间的合理距离?都快结婚的人了,知道会伤害妻子还要"礼貌性上床"?

知道什么叫"君子不立于危墙之下"吗?

哪来那么多一时糊涂、情非得已!哪来那么多酒后乱性、下不为例!说穿了就是因为你对自己的感情太不自律!

2 |

胡兰成一生经历八个女人,到张爱玲这儿,刚许诺下"愿使岁月静好,现世安稳",一扭脸就迷上了"可爱"的小周。

你跟他谈忠诚?在他眼里,每一次劈腿都是遇到了真爱,每一次背叛都是情非得已。

有些男人,根本不知道自己要什么,所以漂亮的、可爱的、风韵的、知性的,他都喜欢,他认为自己没错。

他们会很无辜地告诉你,认识她之前,不知道啥是爱。

然后遇到下一位,继续重复这种套路。

就像是李敖当年爱上了大明星胡茵梦之后,便把跟随他多年的女友刘会云打发到美国去,并对她说:"我爱你还是百分之百,但现在来了个千分之一千的,所以你得暂时避一下。"

多"坦荡"啊!

这么惊世骇俗的"千分之一千",没好多久李敖又去爱下一位了。

这类男人的内心就没有忠诚与担当的底线,他们来到人世间一遭,就是玩儿玩儿。

而"玩儿玩儿"的好玩儿之处,是新鲜感。

而你,一定会过期。

这样的男人,千万别指望他们有一天玩儿够了就能被你收了,因为他们的价值观里从来不知道担当与责任是个什么东西。

只要诱惑足够多,你们的婚姻随时会出现问题。

3 |

鲁豫有一期节目采访吴尊。

鲁豫：你在娱乐圈，长得又帅，那安全感怎么给她？

吴尊：我们16岁就认识了，我每天都会告诉她发生了什么，任何事儿她都知道，所以不会不放心。

鲁豫：有的男人会很花。

吴尊：可我不想给女儿难堪，我想女儿长大了可以很骄傲地说"你看我爸妈的感情"。

这真是越帅的人越自律啊！

自信的男人，完全不需要通过频频换女人去证明自己有多大魅力，他们清楚地知道自己需要珍视什么与捍卫什么。

他们把更大的欲求放在了家庭的和睦与儿女的健康成长，因此就会推开一切破坏内心诉求的障碍欲求。

他们拒绝主动招惹狂蜂浪蝶，他们对投怀送抱的女人不为所动，他们不会在深夜送老婆之外的女孩儿回家后还要上楼喝杯咖啡。

他们不是在压抑欲望，而是因为内心有更大的欲望。

好男人并不是禁欲派，而是能够对欲望进行理性取舍。

4 |

那些长不大的孩子，才需要不同的玩具。

一个男人最靠谱的成熟,就是了解自己的确定感。

确定眼前人是唯一的心上人,确定好日子一旦毁了就不可逆,确定自己没有必要去风月之地接受诱惑的考验,确定该做的事儿和不该做的事儿之间一定要有笃定的取舍。

男人天生有侵略性,这是本性。

碰到更动人的妹子忍不住想入非非,这也是本性。

但成大业的男人,往往更能拎得清短期收益与长期收益孰轻孰重。

只有那些不被欲望牵着鼻子走的人、能够管理好自己欲望的人,才能等来更好的爱情,配得上更好的妹子。

到处撩骚的男人,为什么不能要

1 |

"轨姐,男朋友在微信里跟别的女孩儿暧昧撩骚,又被我抓包了。可他跟我说,是我想多了,在网上聊归聊,只是逗乐子,但现实中该怎么对我好还是怎么对我好。我觉得事情确实没发展到捉奸在床的地步,所以只是一气之下删了他列表里所有有嫌疑的女性朋友。可一看到他玩儿手机,我还是很紧张,我该怎么办?"她发来求助。

"撩骚到什么程度了?"我问。

"女生给他发各种自拍,他问人家最近胸是不是又大了,还说好想知道她裙子底下的世界……"她结结巴巴地描述着。

听得我血都凉了:"这种尺度的撩骚,你该不是第一次发现了吧?"

"嗯嗯,有好几个女孩儿,都是不同的,但正牌儿女朋友就我一个。他这次跟我保证了不会再犯,只是因为值班太寂寞,所以才……"

这姑娘我实在是不想劝了,我看她是疯了吧,这种理由也可信?

寂寞?有女朋友怎么可能寂寞!

男人的确向往尝鲜,但有一类男人,他们根本是把四处撩骚当作自己的日常生活。

当没被你抓包时,他是毫无瑕疵的"中国好老公";当被你抓个正着时,他就会满不在乎地告诉你是你想多了,还会告诉你撩骚这种事情,全天下的男人都会干,关键要看他现实生活中的表现!

是不是听起来好有道理?

别傻了,姑娘!

你知道为什么他们总是不停地四处撩骚吗?

他们在期待着,万一撩着撩着就能发生点儿什么呢!

我劝你赶紧手起刀落断绝你们的关系,因为,只要原谅了哪怕一次,你就一定会疯的!

女人所有不得已的原谅,永远都是以折磨自己为代价的。

2 |

讲个朋友的事儿——就叫她二姑娘吧!

二姑娘有段时间精神挺恍惚,她说预感要出事儿。每当女人有这种表现的时候,男人都会不屑一顾:"嗨,别疑神疑鬼了,放着好日子不过,找事儿啊!"但女人都知道,为什么要相信自己的直觉。

她说最近她老公的手机只要一响,他第一个反应不是看手机,而是先看她一眼。

她就知道，要出事儿。

她发现她老公给手机充电时，手机屏幕面开始朝下了。

她就知道，哪里不对，一定不对。

那天夜里，她趁老公熟睡，三下五除二破译了锁屏密码，打开微信，看到被置顶的是一堆姑娘的头像，唯独没有她。

她颤颤巍巍地一个一个点开聊天界面。

第一个姑娘，发了刚洗完澡的照片，她老公回复俩字：真美。

第二个姑娘，她老公对那个姑娘说：我很爱你，很爱很爱。

第三个姑娘，说迫不及待地想要再见到他，两人说"晚安"说得跟拉锯战似的，隔着屏幕都能闻到臊气冲天的缠绵。

……

后边的，她点不下去了，鬼使神差地又登录了她老公的淘宝，一屏又一屏的购物记录铺天盖地地砸下来，看得出，每个节假日他都给不同的姑娘送了礼物。

她肩膀头抖得厉害，不要说礼物，她连个5.20元的红包都没见到过。

第二天，她摊牌了，要离婚。

她老公一下子惊了，先是大怒，质问她为什么偷看他手机，然后跪地道歉，说自己根本不喜欢她们，只是虚拟世界里的精神安慰！

她那段时间一直躲在我家，说想静静，认真考虑一下到底该怎么做，甚至有一天在吃早饭的时候她突然问我，万一他没有跟她们上床，只是在撩骚呢?

我收起碗筷,说:"男人的某些喜好,是一辈子都改不掉的。分和之事,谁劝都没用,还要靠你自己想明白。"

她跑回去复合了。三个月之后,她又发现她老公每次回家都把聊天记录删得干干净净,这次她真不想再查了。

那种半夜睡不着、蓬头垢面的翻查,那种辗转反侧的关联推断,那种看到他不好好走路却要回人消息时的疑神疑鬼,都将给你致命的摧毁。

姑娘,你很聪明,但一个女人的聪明不该用到这方面。

天底下的男人真不像那些渣男说的那样,都是要出轨的,都是要撩骚的,都是喜新厌旧的。

真不是。

那些真正爱你的男人,永远知道什么该做,什么不该做。

3 |

我并不是想一竿子打死所有的撩骚,但如果一个男人被你抓包后说出以下这样的话,那你基本不用怀疑,他不会改,而且会一直撩骚下去——

"只是聊聊天,你想多了。"

他在试探你的底线,如果你觉得有道理,他更是觉得没错。

"我跟她们只是玩儿玩儿,并不影响我们之间的感情。"

他试图让你产生自己才是"正宫娘娘",其他人都是"妃嫔宫女"的优越感,如果你觉得你的地位确实很特殊,那么恭喜你,在未来的日子里,他绝对不会停下"临幸"新宠的脚步。

"你真是够了,整天这样有意思吗?"

不管接下来他是要说你疑心太重,还是宣扬男人哪个不偷腥的言论,有一点是确定的——他心虚,正在倒打一耙。

"我们什么都没发生!"

这种事儿,能不能原谅,要看性质,而不是看程度。

这种用"我们什么都没发生"来自我开脱的男人,多数是因为他们还没来得及发生什么。

姑娘们别太心大,普通男人偶尔撩骚,收拾一顿就好了;但那种持续撩骚型选手,我看还是算了吧!

4 |

几乎每个男人的社交软件里都有秘密,但不是每个男人都这么没分寸地乱来。

越是有自卑感的男人,越是希望通过这种廉价的社交方式来获取自己很受女性欢迎的幻觉。

而那些常年忙着撩骚、忙着向不同的女人嘘寒问暖的男人,他们的时间往往都很廉价。

这种男人不会有什么大出息,扔了就扔了吧,不可惜。

之前也有男性读者跟我抱怨,说现在的女人的确总是疑神疑鬼,即便他手机里没什么秘密,但被一个人常年监视着也挺反感的,他说实在是不想跟一个不信任自己的人过。

但我想说,女人对你的信任不会凭空出现,那叫盲目自信。

一个女人足够信任你,是因为你提前给了她安全感。

她之所以疯狂又多疑,可能只是因为她已经太久没被关心和爱过了。

有老婆不用的男人,是不爱了吗

1 |

我的骨灰级老粉大牙姑娘,昨天强行跟我探讨了一个大尺度话题。

说是探讨,其实就是她作为一个结婚已经三年多的已婚少妇,单方面向我控诉自己老公的"老年无欲"状态,这让她深感不安。

按照大牙姑娘的说法,她对于结婚一年后就进入"半年一次"的状态并无太大意见,因为她老公打呼噜的动静实在是太大了!

经过了无数个她辗转反侧老公却鼾声如雷的夜晚,她主动做出了一个大胆的提议:分房睡。

她老公竟然如遇大赦,欢脱如兔般同意了。

从此两人就快活地过上了分房睡的夫妻生活。

起初大牙姑娘为老公的大度深感欣慰,但一段时间后,她终于发现了异样——他俩几乎进入无性婚姻状态。

讲到这里的时候,我终于把持不住自己的矜持,立马化身成一个午夜话题的"专家",兴致勃勃地追问:"是因为长驱直入前不举?"

"不可能,我好几次早上去送早安吻时,都看到他在孤独地晨勃。"

"那是因为什么?"

"因为我不说,他不提。时间一长,我倒是习惯了,但就是担心我俩这才28岁就告别性生活了,是不是略不正常……"

哎呀,我的下巴……

实不相瞒,我的微信后台留言箱里每隔三五天就能收到一封无性婚姻的求助信。

说无性还是有点儿绝对,大约一年两次吧!

这种夫妻相处模式大约是这样的:平时分房睡,上床请预约。

但对于女性来说,这个预约就相当于让她赤裸裸地向对方发出做爱的请求。

性欲跟食欲一个性质,是一种长期的欲望。一个女人正视自己的欲望和感受,没什么羞耻的。

但讲真的,这种增进夫妻亲密关系的默契之举,如果沦落到需要女方主动摆到台面上来明确要求,基本可以确定这事儿没什么希望向好的方向发展了。

2 |

现代人的婚姻关系跟上一代不太一样。

上一辈讲究洞房花烛夜,现代人只要一确认恋爱关系就巴不得急吼吼地发生点什么。

但早点儿或晚点儿的夫妻关系模式,本质上不会影响两人热衷于床笫之欢的周期。

每一对夫妻都要迈过那个如胶似漆的阶段,这跟人的审美疲劳与激素分泌下滑都有关系,几乎无法避免。

但有的夫妻相处模式调节能力比较合拍,两人一块进入"看都不想看对方一眼"的默契,这种情况反而不容易出多大乱子。因为他们想的只是分开睡更舒服这么简单,根本无关什么夫妻关系和不和谐。

容易出乱子的,是那种男人有老婆不用宁可自行解决,女人如饥似渴却得不到任何回应与满足的关系。

这种情况下,危害婚姻关系的,就不是性缺位这么简单了,更可怕的是心理上的煎熬:一个深夜中苦苦期待,一个在隔壁屋鼾声如雷。

想不到一块儿去,才是夫妻之间最可怕的鸿沟。

3 |

有一次,在一个铁磁闺密群里,几个姑娘聊起跟男人闹别扭后的处理对策。

铁骨铮铮的御姐克莱尔(说她的英文名她应该不会杀我)不屑地说:"这有何难,让他滚去睡沙发啊,反省明白了再恢复他的肉欲皇粮。"

温婉可人的大白鲨姑娘赶紧说:"千万不要分床睡啊,你根本不知道一张床到底有多大能力!"

然后大白鲨姑娘无情地向我们撒了一拨"狗粮"。

大白鲨姑娘是我们几个女孩儿中性格最为内向温婉的一个,有什么不满意从来不直接说,宁可憋屈自己,谈起恋爱来也是一个德行。

但人家命好啊,夫君不但疼她,还用一套价值千万的别墅作为婚前彩礼。可即便是这种甜得要死的小夫妻,也根本逃不过有闹别扭的时候。

看似傻白甜的大白鲨,却找到了自己的床上和好之道。

她的原则就是,不管有多生气,坚决不离家出走,坚决不分床睡,但可以背过身子去睡床的一个小边边……

等对方气消了想求和,自然会假装无意地碰她的大长腿一下,这个时候如果大白鲨姑娘也有心原谅,必然不会把大长腿挪到一边,对方立马会从这里边读到一种和好的信号,试探着从后边一把抱住。

道个歉,撒撒娇,哄好,完事儿。

就问你服不服气!

那些必须跟老公一个被窝睡觉的姑娘,看上去好像是那种无计可施的"小黏黏",但人家却有适合自己的夫妻相处之道。

一张床,都可以是修复夫妻关系的机会。

4 |

张爱玲说,通往女人心的路是阴道。

第一次读到这句话的时候,觉得她真是太懂女人了。

男人会把性理解成一种身体上的欲望,女人则会把性看成亲密关系的安全感。

有一类夫妻,即便是保持常年分房睡,却也过得无比和谐,这是因为老夫老妻彼此之间的了解与不疑。

上一辈的夫妻关系就有很多这样的例子。

只是因为忍受不了对方的一些生活习惯所以分房睡,但情感上,老头子始终是自己金不换的老头子。

这类夫妻甚至有本事把夫妻关系处成那种好室友的关系。

人家压根儿不存在安全感缺位的问题。

还有一类夫妻,必须时不时地过过夫妻生活才能确认对方的心意。

这只是两种不同的相处模式,没有高低之分。

但我想说的是,你有老婆不用,也没问题,前提是对方也乐意。

一个男人,总不能老用"夏天嫌太热,冬天怕太冷"这种烂借口去持续侮辱一个女人最后的尊严。

女人渴望一份正常的性生活,并不是什么"骚浪贱",你给不了,那是你的问题。

今天的午夜档悄悄话节目就到这里。

再说下去就该暴露我的"渊博"了。

Part 4

所谓白首,
都在努力

好的爱情,你还是你,我还是我

1 | 贪恋对方的个性,就要接纳个性带来的其他

现实生活中,两个完全不属于同一个世界的人,并且在对彼此的未来有着清醒的认识的前提下,真的会不顾一切地相爱相守到最后吗?他们又会在什么情况下真的可以求同存异实现不可思议的大融合呢?

大大咧咧的原谅你想要,思虑上的不周你还想推开。

怎么可能净是你的好事儿!

不要总对人性有一些不切实际的期待与要求。

因为,一旦牵涉共建,就会暴露问题。

你贪恋对方的个性,就要接纳个性带来的其他。

2 | 三观分歧不可怕,可怕的是谁也不肯让一步

现实生活中,三观完全一致的情侣存在吗?

存在，但只是存在于两个人相处的某个特定时期。

谁也不是流水线上生产出来的标准化产品，再相谈甚欢、如胶似漆，也不可能百分之百没有分歧。

而且，越深入交往，暴露的分歧可能会越多。

很多情侣熬过了一见钟情，守住了异地寂寞，尝过了万种体位，却最终死在了是去电影院看首映还是等有了片源在电脑上看的坚持上。

三观上的分歧，一定会有，只是有的大，有的小。

但无论大小，都在考验一个人爱你的方式与程度是否成熟与牢固。

她胡同串子，喜欢深夜里来两瓶"勇闯天涯"配一份麻辣小龙虾。你名门世家，喜欢定制西装、高端酒会，一尘不染。

两个成长环境完全不同的人，在视野、审美、品位、生活习惯上一定格格不入。但如果你爱她，不会施以白眼，不屑地笑她低俗，而是皱着眉头、捏着鼻子说一句"要不，我也试试"？

好的爱情，你还是你，我还是我。

但在分歧面前，会互让半分，这样感情才能走得下去。

3 | 不是去匹配，而是去融合

姑娘们往往对小包总疯狂"跪舔"安迪的戏份特别受用——左一个"主人"，右一个"亲爱的"，完全把自己放低成对方的仆人。看上去是对女人宠爱有加，实际上是在把女人往沟里瞎带。

不少人爱一个人的方式，就是把自己搞得面目全非。

遇到跟自己截然不同却莫名吸引自己的"异类"，他们特别容易把自己卑微成一个悉听尊便的傀儡。而傀儡之所以看上去温和匹配，是因为他蜕变的代价是爱与耐心的消耗殆尽。

只有她尊重你定制西装花上几十万的品位与审美，你了解她时而想念麻辣烫的酸爽与乐趣，才算是彼此靠近了几分。

两个完全不同的人，要么磨合走向融合，要么逃避走向貌合神离。

唯有尊重彼此的三观，却不改变各自的三观，才是两个完全不同的人一起走得更远的好出路。

所谓白首，都在努力

1 |

这不是第一个告诉我对婚姻失望的女人了，她形容这段婚姻的时候，用了一个词：窒息。

这个词，让我隔着屏幕都几乎感受到了她内心的煎熬与痛苦。

但令她如此不堪重负的原因，不是出轨，不是婚变，不是婆媳关系，而是一些琐碎的日常，琐碎到难以察觉出任何不妥。

结婚不到两年的时间，她跟她老公已经到了一天说不上十句话的地步。

也不是故意互不搭理，就是好像无话可说。

她看得见他在微信上跟别人聊得很欢，那他好像也不是没话说吧？

他总是吃了饭再回家，回来后就钻进书房插着耳机对着电脑，她在客厅把电视声音调到很大，可是没人跑出来责备她。

她一个人吃完饭，默默去厨房洗碗，洗着洗着情绪就崩溃了。

是从什么时候起，她开始觉得两个人过还不如一个人过得好的呢？

在这之前，两个人至少也磕磕碰碰地吵过架吧？

她说过很多次了，希望他吐骨头的时候找个碗，可他总是直接吐在桌子上，说反正一会儿要擦桌子的；她前脚扔掉了垃圾，还没来得及套垃圾袋，他后脚已经往里扔进了苹果核、瓜子壳。

她说了一万次，他"哦"了一万次，也不知道哪次，她爆发了，而他也终于受不了自己赚钱养家这么辛苦，却因为这点儿小事儿被一个女人反复指责。

后来，两个人就不吵了，因为他们几乎不聊了。

芝麻大的琐事，至于吗？

但你知道吗，婚姻生活里的日常就是重复、重复再重复的琐碎啊！

那些被不爱打败的女人，对婚姻失望了还会期待着换个人。而那些被琐碎与无视打败的女人，对婚姻失望了就只想一个人。

2 |

我身边曾经发生过一个鲜活而匪夷所思的例子。

一个姐妹因为一坨屎离婚了。

当初她讲给我们听的时候，我们以为她要讲的是一个笑话。

她老公是一个非常上进的"凤凰男",两个人因为共同喜欢博尔赫斯而走到一起,当初她要嫁给他的时候,女方全家泣血反对都没拦住。

就是这样一对灵魂伴侣,却因为一坨屎离婚了。

原因是她老公每次拉完屎冲马桶时,只会象征性地按一下就抬屁股走人。第一次她发现马桶壁上还挂着渣,恶心得差点儿吐了,当场就把她老公叫进来处理干净。她老公红着脸又按了一下马桶的冲水按钮,结果还是没冲干净,他竟然得意地表示:"你看,用水是冲不干净的吧?"

她二话没说,拿起马桶刷两下刷干净,按钮,冲水,一气呵成,眼神中透着俏皮的警告。

该死的是,类似的事儿一次次又发生了。

她毫不犹豫地离婚了!

这婚离得跟玩儿似的,连我们这些自家姐妹都觉得她似乎过了点儿。

她惊讶地反问:"马桶冲不干净不应该用刷子主动刷干净吗?哪有把屎留给别人看到再帮你刷的道理?这么对别人不觉得太自私了吗?这是什么家教!"

我一下明白了她内心的失望点。

她可以不介意男方家境不好,可以不介意自己快30岁了还陪着男人在外边租房子奋斗,可以不介意求婚没有钻戒,但她介意一个人做事不考虑对方。

每个人都有自己对婚姻中契约精神的理解。

这些精神没办法印成明文规定，但你一旦触犯，就会崩坏她的信仰。

3 |

因为婆媳关系而对婚姻失望，还可能指望老公陪自己一起培养婆婆的界限感。

因为男人出轨而对婚姻失望，还可能指望时间带给男人日渐沉稳的自制力。

但如果是因为在日常琐碎中丝毫感受不到存在感而对婚姻失望，这才是女人最回不了头的失望。

女人通常不会对首犯判死刑。

起初，她们想的只是，你随手扯张纸放果壳会更方便她打扫。

后来，她们想的是，给对方带来麻烦的事儿，你可不可以少做。

最后，她们淡淡地说了句"不合适"，其实只是在回避一种失望：你从未想过要去改变。

我们这一代拼命追求的天造地设、灵魂相知，败给了上一辈的烟火磕绊、相互扶持。

4 |

那些你瞧不上的琐碎，可能正是一个女人爱你的方式，更可能是一个女人感受你是否爱她的标准。

出门前的一个拥抱，晚饭后散步时的牵手摇晃，你加完班回到家时看到的被盘子盖住怕凉掉的菜，你出差时偶然发现已经被缝好的背包带，都是婚姻中珍贵的交流方式。

所以，你回应过吗？

你可不可以在她做完饭后主动刷刷碗，可不可以在她洗完衣服后主动晾晾衣？

那些毫无生气的婚姻，那些没话说的婚姻，都死在了不交流与不回应。

每个人都曾有过一瞬间的失望，但不是每个人都在朝着对方的方向努力。

一段婚姻的温度，是由婚姻中每一个人的温度决定的。

所谓白首，都在努力。

"朋友圈"的江湖生态

1 |

一个妹子很郁闷地跟我说:"小轨,有个对我一见钟情的男生,要了我的微信后就不理我了,你帮我分析分析啊!"

"怎么个一见钟情法啊?"

"那天我穿着一袭白裙,长发飘飘地从地铁里走出来,他一个健步追上来,小脸通红,一看就是特别内向的男生,结结巴巴地问我可不可以给他微信。我一看,他长得特别帅,这么上档次的桃花来了,怎么可能不给!那张脸我就好喜欢啊,小立领白衬衫的衣品也是我喜欢的!可他回去之后发了句'你好',就不怎么跟我聊了,说我……跟他想象中不太一样……我冤不冤啊!"

我憋住想要疯狂大笑的冲动,回了句:"他可能是看了一遍你的朋友圈。"

妹子不服气,疑惑地嘀咕了一句:"可我朋友圈也没啥啊!"

她索性把自己的朋友圈截了几张图,又把那个让她"一眼万年"的男生的朋友圈也截了图，一并发给我。

我梳理了一下，妹子的朋友圈大约是这样的——

"走路先迈左脚的男生，渣的套路最深。"

"哎呀，又被送包，这种款式的水桶包我也是够了，以后你们送礼物可不可以不一样一些呀！"并附上包包的照片，特意找角度把迪奥的LOGO放大了。

"今天心情伐开心……明天伐开心……"每次"伐开心"都会配上九张差别不大的自拍照，她"伐开心"的频率在朋友圈里显得格外高。

那个男生的朋友圈，大约是这样的——

一张泡图书馆的照片，拍的是一本《人类简史》，没拍脸，配文俩字：一天。

撸猫图一张，配文四个字：相依为Gay。

MUJI的本子上画了个悟空，无配文。

不难看出，这两个人"画风"完全不一样：

妹子是个"单细胞动物"，容易偏听偏信，网上的"防渣男攻略"是她的日常营养；男生一个人特能待得住，喜欢通过系统读书来培育价值观。

妹子对自己的外貌比较自信，所以自拍必发九张；男生颜值很高但不自恋，发图还要自嘲。

妹子对奢侈品有追求；男生用个本子都买无印良品，比较喜欢极简主义那一套。

不能说谁的朋友圈内容更高级，但你们是不是一路人，明眼人看一眼朋友圈就大致了然。

2 |

那么问题来了——

男生发什么样的朋友圈，你要格外小心栽坑呢？

每结束一段恋情，就要公开骂一次前任

每个人都有遇人不淑的倒霉时候，但如果一个男生每次分手都要想办法把对方的名声搞臭，那你一定要谨慎靠近。

一个男人，不能做到克己慎独，他往往就会以各种极端的方式伤害异性。

满屏成功学

姑娘，真正成功的男人都在忙着努力精进呢，只有那些懒鬼才每天都要给自己打鸡血。

因为他们每天都无所事事，每天都忏悔今天又什么都没做，所以每天都要打鸡血希望自己明天能做。

迷恋成功学的男人太容易被煽动。

男人的主心骨是决定你将来在家庭关系中受多少委屈的重要因素。

"不转不是中国人""转锦鲤会行大运"

听说现在的骗子就爱冲这类人下手,目前也就我妈那个岁数的人碰到这类链接还会相信了。

如果你碰上了一款这样的小伙子,那就好自为之了。

以上,第一点看爱情观,第二点看事业,第三点看代沟。

3 |

江湖一哥"慕容铁蛋"同学,每当我的当事人需要起一个化名的时候,他就会挺身而出。

当年慕容铁蛋也曾在北京地铁五号线上碰到过一个姑娘,那个姑娘一直戴着耳机在听歌,突然拔下耳机认真地听了一下地铁报站,就这样一个神情,瞬间击中了慕容铁蛋的五尺之躯。

他决定相信一次一见钟情,勇敢地走上前说:"姑娘,你刚才擦到我肩了,我也要擦你一下!"

姑娘先是一惊,之后"咯咯咯"地笑个不停。

慕容铁蛋给我们形容,当时的"咯咯咯",可以说是天籁之声了。

这样一个别致的开始,为慕容铁蛋和女神创造了一个还算不错的相识契机。

慕容铁蛋当时在一家公司做手机APP的开发,专门写IOS系统的,工资还挺高，所以他舍了命地给女神买买买，女神也云淡风轻地收收收。

但两个人的关系就是没什么实际进展，慕容铁蛋极为烦恼，每天只能靠刷女神朋友圈里的自拍与动态聊以慰藉，直到有一天听说了女神其实早就已婚的消息……

慕容铁蛋悲痛欲绝，在走廊里发出了野狗般的哀号，然后把我们叫到一起陪他一醉方休。

他吃粉丝扇贝的时候，捶胸顿足地问我们，为什么从来没看见过女神在朋友圈发她跟老公的合照啊？

像我这样的善良之人，自然是不能耿直地说出那句"你傻呗"的真相。

还好有王翠花在，她悠悠地补了神之一刀："朋友圈里有备胎呗！"

慕容铁蛋神情一黯，卒。

4 |

这大概就是朋友圈的江湖生态。

对方发也好，不发也好，你只要上点儿心，多多少少都能看出点儿门道来。不用等到头破血流、天崩地裂了，才懊恼自己大好青春都喂了狗。

以前，《红楼梦》里宝黛初见，宝玉笑着说："这个妹妹我曾见过的。"

人家会看体态，会看眉目流转，所以信得过"与君初相识，犹如故人归"。

现在的人，个个被生活磨得戴着面具去面对陌生人，一见钟情也越来越不靠谱。

如果你还恰好是"颜控"，又特别信缘分，先别急着"你是风儿我是沙"，先看一遍对方的朋友圈再说吧！

我们并不一定需要最适合我们的

1 |

有一期《奇葩说》，嘉宾是杨千嬅。

有人逗趣地问她："精神出轨和肉体出轨，你更不能容忍哪一样啊？"

杨千嬅歪着脑袋想了想，认真回答："更不能容忍精神出轨。"

当时正在我的厨房里忙着切蒜瓣的小妞听到这个答案，气得把菜刀一剁，阴阳怪气地说："果然是明星啊，跟咱们凡人的底线就是不一样！"

我乐了："那你就是比较介意肉体出轨了？"

她一脸的匪夷所思："那当然啊，精神出轨给大人物吹吹牛还行，真拿到咱们平常人身上，精神出轨，又没做过什么对不起我的事儿，凭什么叨叨啊？但肉体出轨那都是板上钉钉的事儿，那是不忠，肯定不可原谅啊！"

如果两种不忠摆在你面前，你会更不能容忍哪一种呢？

大多数人的答案确实是，肉体出轨。

是大家真不太介意精神出轨吗？

不是。

很多人会把精神出轨理解成肉体出轨的初期症状，只要还没到赤裸相见的地步，罪名就还不成立。

这算是给自己、给对方，都留一线回头的机会，不是不介意，而是还没触底。

但当一个男人把从不说给你的情话说给了另外一个女人，当一个男人把从来不舍得买给你的一样家具买给了另外一个女人，当从不接你下班的男人瞒着你天天去接另外一个女人下班——

这要是让你知道了，即便他没肉体出轨，你都控制不住地想要提刀相见。

精神不忠和肉体不忠，只是不同人的底线标准，谈不上谁比谁更无原则，更谈不上谁比谁更高尚。

恋人之间可忍受的不忠程度，最终还是取决于双方一致的认同。

2 |

我认识一个名望颇高的女大夫，40岁，经常化着精致的妆容去参加各种学术会议，在住院楼里看望病人的时候说话总是不疾不徐，开着一辆纯白色的宝马X6，主动跟每个见面的熟人微笑着打招呼。

就是这么一个岁月静好、现世安稳的女人，却有一个两年前就出轨了的老公。

在还没离婚的情况下，她老公已经光明正大地去女方家过年了，好不容易有一次回来参加孩子的生日宴，他却当着老老少少的面儿嚷嚷着一定要对那个女人负责。

家里有十几年的发妻没听过他说责任，家里有七八岁的孩子也没听他说过责任，当他结交了一位认识没多久的姑娘，他却来谈责任了。

即便是这样，她也死咬着不离婚，一审判不离，她等他半年后再上诉。她说荷尔蒙这种东西，用不了多久就耗完了，再等等。

那天晚上她喊我去了一个临街的西餐厅聊天，我纳闷儿地问她为何不肯放手？

你们知道她给我的答案是什么吗？

她说："无论如何，他叫她宝贝，叫我老婆。"

人与人的底线真是太不一样了。

对有的人来说，能回归家庭，就是底线。

你理解不理解不重要，你看不看得过去根本无所谓。

3 |

有人说忠诚就是恋人关系的底线，如果挚爱与隐秘的和平之域都可以拿来跟别人共同探索，所谓亲密关系的意义就崩塌了。

也有人说，忠诚不能作为恋人关系的底线，因为所谓的忠诚，只不过是因为背叛的筹码不够大。

比如说有个大明星，胸大腿长还年轻，多金美貌又风情，哭着喊着要倒贴给你，你真能做到岿然不动吗？

我想说的是，如果你把忠诚当作恋人关系的禁锢，你大可不必要这份忠诚。

因为你并没有真正理解忠诚的价值所在。

忠诚，是自我限制的一种价值选择，是人生轨迹的方向把控，不是一纸婚约下的枷锁。

幸福，都是来源于忠诚的自我约束。

换句话说，不去随意打破忠诚的边界，最重要的意义不在于为谁守身如玉，而是在于，你一旦碰了自己控制不了的东西，它们将会毫不犹豫地摧毁你。

4 |

《老爸老妈浪漫史》里，当泰德发现了与自己相合指数9.6的姑娘后，他马上就要求交往，但当时那个女生已经有了跟她相合度8.5的未婚夫。

如果是你，这个时候你的选择应该是什么？

你本来找了一个还不错的男人快要结婚了，结果另一个跟你更合拍的男人突然出现，死乞白赖地非要跟你在一起，你是忽视这一切坚持把婚结了，还是重新选择一个更适合自己的人？

剧中的姑娘，选择了干脆拒绝。

她的理由是，我们并不一定需要最适合我们的，而是应该坚守我们的选择。

忠诚对于我们的意义，大约如此。

不是枷锁，不是牺牲，不是亏欠，不是道德审判。

忠诚，只是一种要去过某种人生的自我选择。

这种自我选择表现为，我可以，我也敢，但我不会。

以上，敬忠诚。

不要做撂完狠话就拉黑、关机的那一个

1 |

大飞妹子突然约我去泡温泉,我一看时间,都下午四点多了,就说,要不明天吧。

但女孩儿执意要去,我估计这里面有事儿。果然没猜错,大飞妹子跟她男朋友吵架了。

她本来一时兴起想拉她男朋友陪她去泡温泉,但男朋友说要先去参加一个同事的婚礼。她不乐意了,说同事之间的婚礼不就是收收份子钱嘛,直接给他微信转账不就完了?

男朋友不同意,说好了的事儿突然变卦,面子上过不去,所以就说:"要不明天再去泡温泉吧?"

大飞一下子拱起火来了,在沙发上气哼哼地跟她男朋友说:"你要是敢去,就别再回来了!"

一向好脾气的大飞男朋友这天也是邪门儿了,瞥了她一眼,就重重

摔门而去。

骄纵惯了的大飞一下子傻那儿了。

反应了一会儿,她立马把对方的微信拉黑,然后把手机关机,气哼哼地跑我家来"躲难"了。

我陪她在咖啡馆坐到晚上六点多,大飞问我:"你看看你的手机,有没有微信消息或者未接电话什么的?"

我低头看看,然后摇头,这下她可坐不住了,赶紧开机看未接来电提醒和微信消息,毫无收获。

大飞撇了撇嘴,开始哀号:"以前我生气了,他至少追过来五六十个电话,微信也一大串道歉。现在长志气了,也不找我了……"

我拍拍情绪激动的大飞,叹了口气,说:"赶紧认怂。不过如果你是真想分手,这倒是一个很对的做法。"

大飞看我完全没有开玩笑的意思,吓得赶紧回家找她的大宝贝认错去了。

如果你不是真想分手,吵架的时候千万不要撂完狠话就拉黑对方、关机。

因为一个不停地找你的人,最容易心累。

如果你让对方感到心累,那你离着分手也就不远了。

2 |

其实这种吵完架就拉黑、关机的事儿,男生做得不比女生少。

美其名曰"需要静静",但你根本不知道你心不在焉地"静静"时,另一个人在与你绝对失联的时间段里经历了多少次"算了吧"的绝望。

之前在北京做"二房东"的时候,二楼最小的那间卧室搬进来一个挺清秀的男孩儿,住进来的一个星期内,他都特别乖。

但就是这么一个男孩子,经历了一场千里追债的戏码——是情债。

那天晚上半夜一点多,有人敲门,当时我刚好在加班,还纳闷儿是谁回来得这么晚,下楼开门前从猫眼里看到了一个眼睛红红的女孩儿。

"姑娘,你找谁?"我给她开了门。

"请问××在吗?"她小心翼翼地问。

××是那个清秀男孩儿的名字——我一下子明白了姑娘的来意,给她指了指那个男孩儿的房间。这时候男孩儿估计也听到动静了,穿着睡衣推开门出来了,一眼看到她,愣住了。

这时女孩儿强忍着眼中的泪水,小声说:"我们不分手好不好?我什么苦都能吃,我不怕的,但你关机了,这句话我没法在电话里告诉你。"

男孩儿撇过脸去哽咽了半秒钟,跑下来就抱住她哭得泣不成声。

他们是异地恋,这男生很穷,当时一边工作一边读博,而女孩子已经工作了,总是找各种理由给他打钱。他总觉得自己在耽误姑娘的大好青春,正好有一天也不知道闹了点儿什么矛盾,他就借着机会说分手了,然后关机。

姑娘傻了,她还没有把自己想说的告诉他,所以她连夜买了火车票,站了六个小时,来当面告诉他这些。

那男孩儿一直哭着道歉,说以后再也不关机了,对不起,对不起……

从那以后,我就知道,一个人如果真的爱你,那他永远不会放弃沟通。

3|

那些撂完狠话就把手机一关的人,那些把你拉黑不听你解释的人,那些偏要让你先低头才肯罢休的人,那些忍心让你像没头苍蝇一样无所适从的人,都是不够爱你。

谈恋爱,感情再好也难免有想掐死对方的时候。

人人都要从磨合这一关走过,但只有很少的人走到了最后。

因为我们总是对最爱的人做得最绝。

希望看到她有多在乎自己,所以"失联";想看看你"失联"后她会给你打多少个电话,所以关机;想让她知道你真生气了,所以拉黑。

之后和好了,你觉得没事儿了——不过是从屏蔽电话名单里拉出来嘛,不过是拉黑了再加回来嘛,不过是耍耍脾气嘛,和好了就跟从前一样。

真能一样吗？

设身处地地感受一下，你就知道绝望是怎么来的，爱情是怎么死的。

4 |

关机和不接电话，两种行为有着天壤之别。

不接电话，起码给了别人最大限度的安慰，给对方的信号是：我知道你在找我，我没事儿，但我气儿没消，不想理你，你好好反思一下吧！

关机，给对方的信号是：我不在乎你急得要死，我不在乎你胡思乱想、心里难受，找不到我那是你活该，没得聊！

拉黑、关机，然后一走了之，是情感世界里最不可修复的致命伤害。

不要把这些动作看作倒逼对方哄你、气头上冷静一下这么简单，每一段感情的维系，都是需要两个人的共同努力。

爱一个人，起码愿意留下一个渠道听听对方说了什么。

就像是《此时此地》里说的那样："没有什么更重要的时刻，生命中每一秒钟都是一样的。"

所以，不要做撂完狠话就拉黑、关机的那一个。

如果在乎，那就每时每刻都在乎。

这世间一辈子不淡的爱

1 |

前段时间,我约好了采访一对七十多岁的老夫妇,刚好那天有个姑娘来找我玩儿,我就顺道拉上她一块去了。

回来的路上,她全程沉默,看得出来,她伤心了。

我试着问她:"跟家里那位吵架了?"

她摇摇头,告诉我,刚才老爷爷在夸奖老太太记性好的时候,都这把年纪了,竟然很随性地来了一个"摸头杀"。她以为婚姻早晚都要走向一潭死水,但今天这一幕还是很触动她的,那种随性的"摸头杀"式爱抚,根本就不是人前可以装出来的,而是这些年爱久了的习惯。

我点点头说:"没毛病啊,是谁告诉你婚姻早晚是一潭死水的?"

她没回答我,故作大气地说:"嗨,我管他呢,只要把钱交给我,我管他在外边干啥呢!"

我突然有些震惊。

她才23岁,结婚才半年多!

怎么就能早早地对婚姻绝望到这种地步?

2 |

之前跟几个写作的朋友聊起过婚姻里最绝望的形态,其实就是聊聊各自最受不了的婚姻状态。有人说受不了天天吵架,有人说受不了没有性生活,有人说受不了回到家就找个地方一躺的大爷。

我说我最受不了的,就是貌合神离。

这是我最不能理解的一种婚姻状态,而恰恰,这种婚姻状态让我碰见得最多。

尤其是身边那种结婚多年,出了各种问题实在熬不住,想离婚,但又苦于两个人在一起时间太久,双方家庭关系、亲子关系太过复杂,离起来又特费劲的夫妻,他们最后都选择了貌合神离,各玩儿各的。

说是各玩儿各的,但通常的情况是,男人单方面肆无忌惮放飞自我,女人只是假装无所谓,除了报复性地抓住那点儿男人施舍的生活费,根本过不了一天安稳日子。

这种无处与人说的孤独与痛苦,躲得过对酒当歌的夜,躲不过四下无人的街。

况且,你是行将就木了吗?大好青春还有一大把,就在这儿吊儿郎当地等着被一个浑蛋耗死?

傻了吧,姑娘!

你以为结婚几年后,一个男人一天跟你说不上五句话是正常的?你以为他面对网友时口吐莲花,却懒得跟你讨论任何话题是正常的?

你以为天下的婚姻都是熬过了激情期就惶惶待死吗?

告诉你,别相信那些"所有的婚姻早晚都是这样""老夫老妻了,你还想怎样"的屁话,别给那些没长心的鸡贼男人找什么顺坡下驴的合理化理由。

一辈子不淡的爱,不是靠新鲜感没了就换人得到的,而是闹矛盾时的良好沟通、唠琐碎家常时的互动,和身边人愿意跟你探索未知的可能。

3 |

我碰到过一个男人,三十五六岁的样子,他老婆是他的初恋,除了她之外,他活到这么大岁数,再没碰过其他女人。

他沮丧地跟我说,如果再给他一次机会,他宁可不结婚,而是多跟几个姑娘好好谈几次恋爱,多体验体验不同的乐趣,不然婚姻也不至于走到今天这个地步。

我问他:"你的婚姻是出什么问题了吗?"

他想了想说:"说不上来,就是觉得太平淡了,没意思。"

我说:"平淡就是个表象,不信你分手试试。"

他想了半天,自己都笑了:"还是算了吧!"

很多人都是这样,无数次幻想如果再给自己一次机会,自己一定怎样怎样掀翻全世界,其实也就是说说而已。

一个女人，能跟你风风雨雨地走到平淡这一步，却让你说不出婚姻到底有什么毛病，其实已经暗暗跟你建立了牢不可破的亲密感情。

这种亲密感情，好好地在那儿的时候，你觉得有没有都无所谓；但一旦崩盘，你第一个就承受不了这种打断骨头连着筋的失去。

男人到了一定年纪，最该做的，是发现爱，找回爱。

4 |

追过《人民的名义》的人，大概都曾被梁璐戳过这么一下子——她说："不离就他一个人欺负我，离了所有人都来欺负我。"

我不知道，那些只要男人往家交钱就可以对男人的行踪毫不关心的姑娘，是不是也像剧中的梁璐一样走到了这般境地。

但你们一定看到了一个她跟同龄人之间的惊人差异：她看上去比自己的实际年龄真是老了许多啊！

这就是处于互耗关系中的姑娘，最不划算的代价。

我想对那些瞻前顾后的姑娘说，开局没那么重要，重要的是趋势与未来，不要一遍遍给自己灌输"自己都这样了，还能怎么着"的消极思想。

那些一有问题就用冷漠与疏远来寻找自我舒适的男人，早晚会杀死你对婚姻的希望。

请果断远离这样的人！

相信我，这世间真有一辈子不淡的爱，他会心甘情愿地陪你一起去面对一切。

婚后是不是谁有钱听谁的

1 |

一位女读者跟我探讨了一个让她很棘手的问题。

她家庭条件比较差,上边有一个精神不太好的姐姐,下边有一个还在读书的弟弟,所以在跟男朋友订婚的时候,她根本拿不出像样的嫁妆,更别说凑钱出买房的首付了。

男方父母同意承担婚房首付,但同时提了一个条件:房子只写儿子一个人的名字,而且婚后的财务大权由他们儿子一人掌管。

她目前是一家外企的HR,其实就工资来说她挣得比她准老公多,只是因为家庭负担比较重,所以一直没存下钱。她说把自己赚的钱都给老公保管也无所谓,但她担心自己婚后会没有一点儿话语权。

因为她最好的朋友告诉她,那种感觉就是,每一次吵架,都像是被人扫地出门。

所以,她希望争取一下财务大权,可又怕一谈钱断送了这段来之不易的姻缘。她怀着侥幸小心翼翼地问我:"轨姐,是不是结了婚以后,谁有钱就要听谁的?"

我说:"你先别纠结婚后谁管钱的问题了。你们都快要结婚了,他家还在把你当外人,这个问题不更值得你先慎重考虑一下吗?"

回到她关心的问题,婚后夫妻双方到底谁管钱更合理呢?为什么现代家庭中多数情况都是女方在管钱呢?

是女人更懂理财?是女人控制欲更旺盛?是女人更需要通过控制钱的方式来控制一个家?

都不是。

本质上来说,弱势一方来管钱,更有利于家庭和睦。

如果家是一个财团,当然是谁更擅长让效益最大化、谁更懂钱就该让谁管钱。

但家是一个夫妻关系的表现形式,更讲究的是稳定压倒一切。

2 |

我有一个女性朋友,她是全职太太,老公每个月会给她固定的零花钱,但她老公卡上到底有多少积蓄,她一直搞不清楚。

她也觉得,自己不愁吃不愁穿的,如果还要整天追着老公的口袋查来查去,实在是有点儿蹬鼻子上脸了。

但有一点是她实在受不了的,那就是她老公每次跟她吵架的时候,经常说一句话:"你不上班根本不知道别人上班赚钱是有多辛苦!"

每当听到这句话,她仿佛就矮了半截儿,有理也不敢继续吭声,只知道抹眼泪。

所以,她非常坚定地告诉我,在一个家庭中,说别的都是假的,经济地位决定话语权才是真的。

所以,女人拼了命把财务大权牢牢抓住就万事大吉了吗?

所以,一个人只要挣得比对方多就能压制住对方的气焰了吗?

女人经常纳闷儿的一点是,为什么对方会越来越不把自己当回事儿了?

婚前捧着、哄着、护着,小心翼翼,婚后却什么都越来越敢了——敢说难听的话了,敢夜不归宿了,敢对红着眼睛的自己视而不见了,敢任由隔夜仇发酵自个儿蒙头大睡了。

为什么啊?

因为失衡。

一个家能不能稳定和谐,并不取决于谁赚钱多少,而是取决于双方不同角度的付出与制衡。

一个家,夫妻二人的分工侧重一定是不同的,有人在外边叱咤风云、日进斗金,就有人在家关注子女教育、打点人情往来。有人负责拉车,就得有人负责润油,每一种分工都是对家庭的贡献。

比方说,我家我妈管钱,我爸赚钱,但我妈能理直气壮地在我爸对她做的饭挑咸拣淡的时候霸气回击:"嫌不好吃就自己做!"分分钟我们全家都乖乖闭了嘴,因为我们全家都看得见她为操持这个家所做出的贡献,她当然有话语权。

对方能够承认你的付出价值,才是你们能够平等对话的基础。

3 |

有姑娘会问:"那我的观赏价值算不算是贡献呢?我老公也承认我美,但为什么我的家庭地位还是越来越岌岌可危?"

观赏价值算贡献,却是一种正向衰减的贡献。

一个家随着年月洗礼,夫妻双方的价值与贡献慢慢都会回归到实用主义角度,比如理财能力,比如处理亲戚关系的能力,比如平衡婆媳关系的能力,比如教育子女的能力。

唯独你长得美这种能力,无法帮你置换到真正的安全感。

而且单单凭借相貌优势跟一个男人组成家庭的女人,通常在最初享受的都是无条件的忍让与疯狂的讨好。

单方面享受这一切最大的弊端是,容易滥用对方的爱,并不断挑战对方的底线。

所谓恃宠而骄。

所谓所托非人。

如是。

《一代宗师》里说:过手如登山,一步一重天。

一个家的固若金汤,总要经历几轮夫妻之间的过手。

输赢有往来,可得敬重;招招想毙命,到头来只会心灰意懒。

4

有人会说，这个世界，男人有钱就变坏，如果女人不管钱，男人是会出轨的啊！

别傻了！

男人如果想出轨，是你管钱了就能拦得住的吗？

女人总想在管钱的事儿上争一争，说到底还是为了内心的一种安全感。

男人会说："你不信我，那跟我结什么婚啊？"

韩寒在"ONE"里有一期问答。

问：想和一个人结婚的心情是什么样子的？

答：一辈子面对一个人，想想就可怕，但如果是眼前这个人，我愿意赌一下。

大概就是这个意思。

人人都害怕变数，可任何保证都抵挡不了变数，但眼前人既是心上人的话，我愿意跟人性对赌一把。

马斯洛在《动机与人格》里写道："为了避免对人性失望，我们必须首先放弃对人性的幻想。"

那些灰头土脸地在婚姻中拼命占据财务大权的女人，大概就是一群放弃对人性的幻想，转而多给自己制造安全感的人吧！

但是，一个人的安全感，其实主要取决于你到底有没有赚钱的能力，而不在于你有没有拿到管钱的权力。

这就是为什么有些姑娘无论嫁给谁都不会活得患得患失的原因。

父母反对的婚姻到底有什么道理

1 |

运营微信公众号以来,我收到的离婚求助信特别多,多数情况是,一旦女人认识到这个婚必须离,就会马上理性地思考该向男方要多少"分手费"才肯离。

那你听过男人在离婚时反过来问女方要分手费的吗?

两年前,三星集团总裁千金李富真的离婚官司下了判决书,她获得儿子的抚养权,而前夫任佑宰获得86亿韩元(约合5176万元人民币)的财产。

离婚还能反过来分老婆家的财产?还有这种操作?

你以为5000多万就能满足一个"倒插门"到豪门家族的心机Boy的胃口了?

这位前夫本来是总裁千金李富真的一个保安,既然人家能有如此能耐,让李富真为他神魂颠倒,不顾父母反对、舆论质疑非要"下嫁"于他不可,当然也有本事在离婚的时候玩命捞下最后一笔。

所以,这哥们儿在面对只能捞老婆家5000万分手费的判决结果时,第一反应就是不服,表示将继续上诉,直至获赔1.2万亿韩元(约合72.2亿元人民币)。

没错,因为穷小子好不容易贴上了一个有钱的老婆,所以反过来对老婆提出了必须给他"70亿"分手费才肯离婚的条件。

说好的真爱无敌、打破世俗偏见的童话故事呢?说好的莫欺少年穷、公主爱上铁匠的纯爱一生呢?

都是大骗子!

2 |

当初李富真一心要嫁给这位保安时,遭到了父母的一致反对。这在豪门富家千金看来,阻拦社会地位悬殊、经济实力相差太大的两个人结婚,就是老一辈的世俗偏见,是不了解真爱无价。

事实上,你不了解的真相是,父母反对的婚姻,永远有你这个当局者看不懂的道理。

三星集团的"长公主"李富真,是三兄妹里边颜值最高的一个,说不上盛世美颜、倾国倾城,也谈得上高贵精致、气质非凡。

从小集万千宠爱于一身的豪门之女,常常有着不谙世事的善良。

她常常会在闲暇之时去残疾儿童学校做义工,会在家族重男轻女的传统中安分地接受父亲只给她酒店（这是家族中最不起眼儿的业务）来管理的安排，会亲力亲为地把酒店的营业额提升6.5倍。

她含着金汤勺出生，却选择去做一个努力打拼的富二代。

就是这样一个性情温和、身价不菲的富家女，却被父亲派给自己的一个保安吸引了。

这是什么场景？

他好朴实哦，对我低眉顺眼，跟那些跋扈的公子哥根本不一样！

他好贴心哦，会让我喝热水，跟那些只知道花钱买礼物给女孩儿的高富帅不一样！

没错！他很特别，跟那些又高又帅又有钱的"妖艳货"果然不一样。他虽然穷，虽然只是个保安，但是他细心又朴实，懂得照顾人，是一个值得托付的"老实人"呢！

于是，"长公主"被"无所图"且"朴实忠厚"的穷小子俘虏了——我不管，我不管，非他不嫁，谁反对都不好使，你们都是世俗的偏见！你们眼里只有金钱、身份、地位！

三星之父会看不懂这小子到底在打什么算盘吗？

当然必须拦下。

但在无论如何劝阻都无法让女儿回心转意的情况下，父母选择了成全。

只有那小子笑得最欢，而送女入虎口的父母却是如何也笑不出来。

连无后顾之忧的豪门之后都知道活着终究要靠自己的努力，而倒插豪门成功的男人却以为自己终于迎来了混吃等死的好日子。

既然女儿选择了这么一个没文化、没资历、没相貌、没实力的男人，父亲还是想过努力让他们之间缩小差距，所以，岳父大人要送女婿去美国读书。但这个男人要是喜欢读书，还用吃体力活儿的饭？任佑宰因为害怕学习，甚至试图自杀。

既然不肯读书，就只能把他莫名其妙地空降到老婆家的企业里做副总。

一个保安，因为娶了东家的长女就要变成我们的副总？

试问谁服？

所以，任佑宰的腾达之路也不是很顺畅，而他此时的表现不是加倍努力以慢慢服众，而是四处抱怨。

而且喝了酒还有本事打老婆了……

一个在努力打拼、蒸蒸日上，一个烂泥扶不上墙还整天发牢骚，再傻的女人也会察觉到这种畸形婚姻的问题所在。

"长公主"终于提出离婚了，渣男吃软饭的嘴脸不顾一切地全部暴露出来。

离婚官司打了3年，渣男把吃奶的劲儿全使出来了。他这一辈子，如果不在这儿多讹上一笔，后半生既没本事又没靠山，可怎么继续吃软饭啊！

所以，他张口就要70亿！70亿啊！

你以为父母当初极力反对的是什么？

记住——
父母比任何人都更能看清一个男人对自己女儿的别有用心。

3 |

说实话,养女儿的家长,天生就有一种出于保护本能的盘问套路。你要弄清楚他们的盘问点到底是在担心什么问题。

1)盘问男方是否单亲家庭

担心的问题:单亲家庭的男孩儿会不会有性格缺陷,会欺负我闺女,将来有了小孩儿,能不能指望男方父母帮着带带。

2)盘问是否有稳定的好工作

担心的问题:小伙子有没有可靠的养家能力,小伙子是否脚踏实地。

3)盘问男方父母身体如何

可别有遗传病害了小孙孙!女儿可别一嫁过去就要给人端屎端尿受苦哇!

4)盘问家庭条件

从父辈的情况判断家风与从小的受教育环境。对于父辈好吃懒做导致的家境贫困和拼尽全力供养出几个大学生导致的家境贫困,他们拎得清。

当父母极力地反对你的交往对象时，先别急着一股脑儿地反驳回去。

你要理性地分清，他们反对的到底是什么。

是因为肤浅地认为对方长了一颗龅牙太难看，还是因为他们比你更早一步预测到了你未来不可避免的婚姻危机？

如果是胡搅蛮缠，为反对而反对，大可不理；如果是事出有因，而且表现得极其坚决，切记三思而后行。

4 |

我认识个叫阿敏的姑娘，她父亲是做房地产生意的，在北京有三套别墅，在加拿大也有几处房产。

她从小养尊处优，对朋友出手大方，心地很单纯。

后来在一个高档的美容美发会所，她相中了一个"洗剪吹"师傅。小伙子确实很帅，用她的话来说，就像是动漫里走出来的小哥哥，迷死个人！

她爹当然不能同意，但小伙子跟她出去吃了一次饭就拐弯抹角地把她的家底摸了个清清楚楚，之后，果断把她肚子搞大了。

让女儿打胎，阿敏爸爸可不落忍，只好心一横，就由着她嫁了。

阿敏惊讶地问："您这是终于同意了？"

阿敏父亲摇摇头，无奈地说了句："爸爸就怕你后悔啊！"

不出所料，这个相中阿敏家世的小帅哥很会享受，马上要钱买了跑车，整天往酒吧跑，后来酒驾把人撞残了，就心平气和地打电话向阿敏要钱来"平事儿"。阿敏大肚子期间，他几乎天天夜不归宿。

孩子生下来，阿敏就离婚了，因为每当自己被小帅哥冷落了，她就会后悔当初没好好听爸爸的话，而且当初她也确实怀疑过小帅哥会不会只是爱上了自己的钱，但最后还是选择了自己骗自己。

就像三星"长公主"一样，阿敏给了小帅哥巨额分手费，才终于恢复了平静的生活。

阿敏成了单亲妈妈，她跟我说，她不想结婚了，因为对婚姻彻底没信心了。

我们年少时总以为有情饮水饱，也容易被爱情冲昏了头。

但父母不会，他们要时刻保持警惕，去揪出女儿意识不到的致命问题。

如果你做不到完全笃定，就不要色厉内荏地铁了心跟父母对着干。

因为，父母的反对，确实会在一定程度上影响你对婚姻的信心。

5 |

往往什么都不缺的富家女，唯一的软肋就是体贴入微的真心，很多鸡贼的"穷小子"就是抓住了这点，拼命地用廉价的小礼物与小动作来俘获芳心。

自己富养半辈子的宝贝女儿,被一个男人用一块糖骗走了,想提醒一下,女儿还把自己当仇人——这才是让天下做父母的最寒心的。

所以,长点儿心吧,姑娘!

Part 5

成人世界的
分寸感

和好容易，如初难

1 |

昨天我在咖啡馆写稿的时候，隔壁桌两个小孩儿突然打起来了。

其实也不算是打，就是小男孩儿推搡了一把小女孩儿，小女孩儿在那儿狂号，小男孩儿憋了一下没憋住，也歪着嘴跟她对哭了起来。

两个在门外本来聊得正欢的妈妈，赶紧跑进来问缘由，跟两个法官一样让俩小孩儿立正站好，一板一眼地开始"审案"。

我拔掉耳机，悄悄听了个大概。

原来两家约着一起去摘樱桃，男孩儿的妈妈主动借给小女孩儿一个遮阳帽。回来的路上在咖啡馆休息，小男孩儿发现小女孩儿把妈妈的帽子弄脏了，就夺过来拿到洗手间去洗，但是帽檐脏了用水冲根本冲不干净。小男孩儿发现洗不掉，就生气地把滴着水的湿帽子往小女孩儿面前一摔，问她为啥弄坏了他妈妈的帽子。小女孩儿可能没搞清楚这个帽子到底是小男孩儿妈妈借给她的还是送给她的,理直气壮地说:"这个帽子是我的!你妈妈已经送给我了!"

小男孩儿一听,这小丫头竟然不知悔改不说,还强势霸占了他妈妈的遮阳帽,一下子变得激动起来,伸手推揉了小女孩儿一把,让她赔。小女孩儿"哇"的一声就哭了,认定小哥哥打了自己。

案情虽然审清楚了,两个妈妈也不好断定这件事到底谁有错,索性让他俩互相道个歉,但是俩小孩儿怎么都不依,都觉得自己最委屈,哭得更猛了。

俩妈妈没招了,索性随他们哭个够,假装毫不在意地继续聊天,各自检讨着各自的孩子教育问题。

五分钟后,有意思的事情发生了。

小女孩儿哭累了,偷偷瞄了一眼小哥哥,抓起桌子上的五彩风车小心翼翼地蹭到他对面,不忘抽泣一下,说:"我们和好吧!我说对不起,但是你也要对我说没关系!"

小男孩儿憋咕憋咕地点点头说:"好。"

"对不起!"

"没关系!"

嗯,于是两人欢乐地一起去追风车玩儿了,还手拉手!

像是什么都没发生过。

在场的大人们都看蒙了。

为什么小朋友之间这么容易和好,而我们大人之间却那么难坦露心迹、重修旧好呢?

是我们太较真儿对错?还是羞于道歉?

都不是。

是因为,在成人的世界里,和好容易,如初难。

2 |

初中时我有个特别要好的朋友,她是我同桌,还是校花。

冬天的早上,她骑了一路自行车,一进教室门,眼镜片上会有一层雾蒙蒙的霜花儿,我都是第一时间蹦到她眼前大声问:"嘿,小妞,能看见我吗?能看见我吗?"

她会吹吹眼前的碎刘海儿,淡定地答道:"看不见,我瞎了。"

很多男生会从我这儿买情报追她,我会先问问她对人家有没有意思。她说还不错,我就给真情报;她说很讨厌,我就给假情报。

她原先成绩在中上水平,在我之下,但很努力,也不会因为被很多人追而骄傲。

但毕业班分班的时候,她去了3班,我依然在2班,隔着一个后院儿,我能看到她跟新同学嬉戏,还听说她交男朋友了。

关于这些,她跟我只字未提,也不再来找我玩儿。

午休时间,我溜到3班去看贴在墙上的成绩单,发现她的成绩变成了倒数。

我很紧张,怕她这样下去没办法考上高中,就给她写信,鼓励她好好加油，不要胡思乱想，还小心地问她为啥不来找我玩儿了。

她回信说她也不知道为啥不来找我玩儿了。

看样子，我们好像没问题，所以下次在校园里相遇时，我们努力地朝着对方笑，停住脚步想聊聊天，却发现完全找不到合适的话题了。

从那以后我就特别害怕见到她，怕尴尬。

直到后来，她没读高中，早早地嫁为人妇，生了儿子，几经周折，我们互加了微信好友。

她傻笑着说，那时候的疏远，其实是因为她觉得我们之间的差距越拉越大，所以不是一路人了。

我听完也笑。

笑十三四岁年纪的固执。

所以，两个人把话说开了就没事儿了吗？

嗯，但很遗憾，我们从此要不得不去面对一个尴尬的现实：从无话不说到无话可说。

长大后，不管我们后来多努力地为粉饰和好而强颜欢笑，也莫名其妙地留下了一种奇怪的东西，叫作心存芥蒂。

3 |

《最佳损友》里有句歌词：是敌与是友，各自也没有自由，位置变了，各有队友。

成年人和好后的相处状态,大抵如此。

我们依赖着年少时珍贵的共同记忆,拼命把对方摆在心中重要的位置,却在各自的生活里有了新的队友,每个人都身不由己。

我们闹过、哭过、恨过、和好过,如今也还联系,却不过比陌生人好一丢丢而已。

就像是《麦兜·我和我的妈妈》里面说的那样:

并不是所有事都能像荷包蛋一样,拌着拌着,就又都聚到了一起。

4 |

为什么人长大之后就很难有真正意义上的和好了呢?

《说文解字》中对"朋友"的定义是:朋者,朋党也;友,互为嬉戏者也。

多么耿直而扎心的解释,有利益可结为朋党,共童年则追逐嬉戏。

如果不再嬉戏,没有利益,还会有多少人会拼命想要和好如初呢?

悲哀的是,很多"失联"多年的老友突然又联系了,不过是因为有事相求。

有一天我冷不丁收到你的短消息,是节日祝福,说祝我端午节快乐。我错愕而兴奋,想回你一句"就知道你没死",却又删了,怕唐突;又打了一行"这些年你跑哪儿去了?这么久都没个信儿",也删了,怕冒犯;于是回你两个字:谢谢。

就像高晓松在《睡在我上铺的兄弟》里写的那样:你来的信写得越

来越客气。

客气,是成人世界里最逾越不了的芥蒂。

烟花易冷,人事易分。

和好容易,如初难。

不是我们越活越矫情,而是我们越来越尊重相处法则里的认同本质。

生活轨迹如果已经不同,即便和好了那又怎样呢?

若不能如初,那便各自珍重,依然愿你前程似锦。

跟有些人当不成朋友，不是你的错

1 |

暑假期间，邻居家刚上大学的女儿跑到我家里来，手里捧着一个西瓜，坐在我家沙发上的时候，眉头紧锁，看上去很焦虑。

她纠结了一番，开始说明来意。

她说，有个高中同寝室的室友，高中毕业就没再上学，直接嫁人了，然后给她发来请帖，电子版的，邀请她去参加婚礼。

但婚礼的时间，刚好是暑假后开学的时间，所以，她就在寝室群里说她可能去不了，因为刚开学就请假的话，给老师的印象不好。

那个寝室室友直接说："没事儿啊，你把2000块钱份子钱转账给我就好。"

她一下子蒙了，毕竟年龄太小，头一遭遇上要交份子钱的情况，而且是直接被指定给一个数额。

但她现在不挣钱,不好意思向爸妈开口要2000块钱给人封红包,所以就私底下问其他几个室友,自己还是个学生,给多少合适?

因为这事儿,她们几个又拉了一个讨论份子钱给多少合适的临时群。

其中一个说,她想要一人给2000块,给少了还不如不给,回头还被她说小气。

另一个索性说:"要我说,我们几个人一人给500块,盼盼(就是来找我的这个姑娘的名字)你给她2000块吧,她就问你一个人要2000块了,没问我们要啊!咱们寝室就你一个城里的,家里条件好,我们都是农村孩子,没什么钱的。"

她一下被噎住了,不知道这情况该如何处理,就来问问我。

我问她,还想继续跟她们交朋友吗?

她点点头说:"最好能继续交朋友啊,但我觉得我不出这2000块钱的话,就跟她们当不成朋友了。她们都认为我应该拿2000块,可我还是觉得问我爸妈要这2000块送人情不太好。"

我说,跟有些人当不成朋友,不是你的错。

能用份子钱明目张胆地绑架友情,这样的朋友,多数时候,只会在向你要份子钱的时候才会跟你有交集。

2 |

刚毕业北漂时,我曾租过一套三室两厅的房子,那段时间刚好有一个朋友也在找房子住,她便叫了几个老乡一起来找我合租。

房租是平摊的方式,我没多要一分钱。

当时,我是这几个姑娘里手头上最宽裕的,所以我自己主动掏了所有押金,没让她们出一分钱。

而交房租的方式,我给房东是押一付三,她们交给我是每个月一交。

本来,我也不太计较这些,我想,早点儿晚点儿都无所谓,反正大家也不会故意欠我的,出门在外嘛,能量大的就多帮衬能量小的,毕竟住在一个屋檐下了,就都是朋友。

不久之后,我就被自己的仗义打脸了。

过年的时候,其中一个女孩儿突然跑来理直气壮地问我,过年期间的房租是不是应该少收点儿,毕竟有好几天她不在这儿住,凭啥还要交这段时间的房租?

当时我就震惊了。

我甚至怀疑,她难道是第一次出门租房子住?

过年期间我也回老家,难道那几天我也要要求房东不能给我算房租?要是我跟房东这么说的话,人家得觉得我不会是个傻子吧!

然后我跟朋友悄悄打听了一下这女孩儿的基本情况,才知道,她不但不是第一次出来租房子住,而且还比我大两岁,多上了两年班啊!

当时我没啥硬骨头,就是生闷气。

朋友给我出了个主意,如果不喜欢她,就告诉她房东要涨房租,她自然就走了。

果然，她一听要涨房租，立马就把自己的房间数落了一顿，骂骂咧咧地说要退租，还要让我赔违约金。

我一分钱押金没要她的，她倒反过来问我要违约金！

她白了我一眼说："我还剩半个月没住完，你怎么也应该赔我一个月的房租，再说了，我找房子也不是一天半天就能找着的。"

我一听，毫不犹豫地给了她一个月的房租，但只有一个条件：第二天就搬走，不然一分钱别想要。

她一听，当然选择拿钱走人。

从此再无交集。

那个时候，我就知道，有些朋友，早散早好。

那种把你对他的好当成理所当然的人，都是上天派来考验你的底线的。

3 |

女生之间的伪友谊很有意思。

她会带着一些奇特的小性子，以考验为名厚颜无耻地向你索取，还会因为你吹捧她的时候没有太卖力而记恨你一辈子。

有个读者跟我说，她给一个关系很好的同班同学带饭带了一整个学期，只是因为有一天早上，她一起床不是先把她叫醒，而是先穿好了衣服再叫醒她，就被这个同学当着所有寝室室友的面儿大骂"心机"。

对方说她故意让她睡过头，故意想让她迟到，故意让她扣学分得不了优秀毕业生资格……总之那一系列的恶劣后果，让这个姑娘差点儿以为自己身处在"后宫"之中。

被这个同学骂得狗血淋头的那一刻，她真是一句话都说不出来，甚至都不想为自己辩护半句。

可能是因为伤心，但更多的，应该是失望吧！

失望自己这些年对她的在乎与照顾，被对方当成了攻击自己的利剑。

还有一个姐妹，说自己因为连续一周没给好朋友点赞，就被对方恶狠狠地拉黑了。

她说那几天出国旅游没怎么刷朋友圈，回来以后，想要把带回来的礼物交给闺密的时候，对话框显示"对方拒绝接收你的消息"。

她急得眼眶都红了，小心翼翼打电话问是不是有什么误会？这位闺密说："我发了这么多条朋友圈，你一个赞都没点，既然不愿意捧我的场，我们也没必要继续装模作样地好下去了。"

直到这个时候，她才知道，她所认为的亲密无间，不过就是对方的点赞之交、跪舔捧场而已。

有时候，友情只是一厢情愿。

你把对方当成生命中至关重要的人，对方只是把你当成友情备胎。

4 |

有一天下午,我去参加了一个读书分享会,分享者,是三毛生前的好友薛幼春。

六十几岁的老大姐,在分享会开始之前,先说了一下希望大家不要摄像、不要录音的原则。

她说,每次出来做分享,她都会主动跟三毛的家人报告自己要讲什么、具体行程是什么,一五一十地说清楚,征得三毛家人的同意后,才会在公众面前做一些三毛生平的故事分享。

因为,她不想由于她的原因,让别人对三毛产生一些误读或者曲解。

我听完特别感动。

这份谨慎的尊重,大概是我见过的友情最好的样子了吧!

真正的好朋友,就是如此,他一定不会因为你们关系好,就肆无忌惮地破坏规则,更不会为了一己私欲而不顾及你和你家人的感受。

总听周华健唱,朋友一生一起走。

我倒是觉得,朋友不一定要一生一世。

大家在各自的时期遇上了,能交则珍惜,不能交就拉倒,谁也不必觉得,留不住对方是自己的错。

你不在家,我跟你爸随便吃了点儿

1 |

"你不在家,我跟你爸随便吃了点儿。"
每次在外地给我妈打电话问她吃了啥,她就这么回答我。
像我妈这种心态的母亲,可以说是很具有代表性的中国式家长了。
平常老两口吃饭全是对付,懒得炒菜,怎么简单怎么来,对厨艺渐渐丧失了精进的兴致,唯独当儿女都回来的时候,他们才会找到吃饭的意义。
不幸的是,我恰恰又不是一个向往稳定的乖巧闺女。
我妈一直向往别人家的闺女,温良、恭顺,不神神道道地谈什么价值观,能安安稳稳地在小城终老,可以让她早日完成子孙满堂的夙愿。

在"陪父母"这件事儿上,我做得很差。
但我知道,如果我不去追求自己想要的生活,这份遗憾将来会发酵成别的东西。

可能是埋怨,也可能是仇恨。

谁知道呢!

但我确定的是,这些东西很有可能在本质上伤及两代人的感情,甚至是我的余生轨迹。

所以,当有读者沮丧地问我,是该趁着年轻去外边追追梦,还是该留下来多陪陪父母的时候,我会说,那你得先问问自己,你留下来,就能好好陪伴父母了吗?

2 |

越长大,越是发现跟父母沟通这件事情是有多么残酷。

简直就是世纪难题。

小时候我跟我妈的对话大约是这样子的:

"妈,我腰疼!"

"别胡咧咧,小孩儿哪儿有腰!"

长大之后,我跟我妈的对话大约是这样子的:

"妈,我想去北京!"

"别胡叨叨,一个闺女家的在外边被人害了怎么办?"

有没有相似的体会?

甭说沟通了,爸妈能把你的话听完都算是有极大的耐心了。

时间久了,我开始变得不爱跟父母沟通,因为还没张嘴就几乎能听到他们的反对声。

于是我索性自己做决定，自己承担一切。

想念他们的时候，我就从网上买各种礼物往家寄；但凡出差有接近山东的行程，我都会绕个弯子拐回家看看父母；以前每周一个电话，现在变成时不时微信聊个天。

他们对我来说很重要，这种思念是写入DNA里的。

他们对我来说也很抗拒，这种抗拒被我理解成温情的妥协。

我清楚地知道，父母需要的更多的是陪伴，而不是交流，但我做不到朝夕围在他们身边，也索性收起了最后的交流。

年轻人都记住了前进，却忘掉了耐心。

而这些拧巴的内心，这些自以为是的看不上，时间久了就变成了一种冷漠的戾气。

这种戾气，刺伤父母，也刺伤自己性格中最珍贵的部分。

3 |

离开山东去南京工作那年，我们家曾开过一个隆重的家庭会议，我沉默地坐在床边，看他们分析利弊，并可怜兮兮地要求我做出承诺，承诺一年之后要回来，安安稳稳嫁人生娃。

那个时候的我，没有爱情，没有梦想，抗拒社交，每天孑然一身地躲着街坊邻居走路，生怕被人问起任何以爱为名的八卦问题。

我不知道自己想要什么，只知道眼前这一切我真的一点儿都不想要。

我点头说好，信誓旦旦地表示自己干满一年就回家做个人见人爱的乖宝宝。

但我走了，就没回去。
我妈常说，在这件事儿上，我就是个骗子！
嗯，在这件事儿上，我妈可能永远不会谅解我。
我说我找到了自己想要的生活，找到了自己要爱的人，但在一个妈妈眼里，这一切可能也没什么意义。
她宁可我一事无成地陪在她身边。
而我绝对忍受不了这种"废柴"式的存在。

所以，如果你问我，该如何化解跟父母之间的那些不可调和的矛盾呢？
我会很无能地回答你，别做梦了。
这是两代人共有的悲哀：互不理解，却只能默默承受这种无能为力的相安无事。

4|

我还没当过母亲，也不敢确认自己是否能像我妈一样无师自通地把一个家照顾得那么得体。
去年过完年，我从老家离开，飞机上关机前收到这样一条短消息：
"给你钱包里放了200块钱，你买点儿好东西吃，我和你爸也没给你买什么，祝你一切顺利，到了回电话。"

我妈刚学会用微信没多久，因为怕发语音影响我工作，所以她奋力地用手写板练习打文字，200的0还写成了O，标点符号也用得不顺畅。

我赶紧打开钱包，顿时泪如雨下。

闺女都30岁了，她依然把我当成一个出门需要塞点儿零花钱的小孩儿。钱的形状，叠得像老太太放进手绢里的沧桑，沉甸甸的，压在手心上全是无力的愧疚。

这种带着挂念目送孩子离开，成了每一个母亲不得不放手任你远去的悲凉。

当需要保护我们时，她会不断流露出一个母亲的惊人斗志；当我们翅膀硬了，她只剩下苍老而无力的脆弱。

这一路，我们拼命把她当成长大路上的拦路虎，她拼命地把自己卑微成儿女们的垫脚石。

吾爱母亲，若此生不能朝夕陪伴，平安唯愿。

删掉的好友,就不要加回来了

1 |

一天后半夜,一个读者跟我大倒苦水:"轨姐,你都想象不到有多可笑,我本来想给一个有段时间不联系的微信好友发一个节日红包,系统竟然提示我先要添加对方好友!"

没错,这位委屈的小可爱被对方删除好友了。

她反复思量后得出结论,料定对方一定是不小心删除她的,原因是她实在想不到自己究竟做错过什么,于是她问我要不要加回来问问?

我说,最好别,删除好友这个动作不会是因为不小心。

她惊问:"为什么啊?我们上一次聊天明明聊得还很好啊!"

那只是你认为。

哪来那么多无缘无故的删除好友,真实的原因可能是她压根儿想不起来什么时候加过你。

朋友圈里的朋友关系，没你想象中那么牢固，可以简单到一个名片推荐就成为好友，也可以简单到一想到以后不会有什么交集就果断删掉。

2 |

年少青涩时采访过一个小老板，那时候他刚开始玩儿微博，粉丝只有寥寥数百人。

采访结束后，他主动跟我互粉，并转发了我的采访稿@我致谢。当时我觉得这人特好相处，一点儿架子都没有。

两年之后，他的公司上市，于是他成了上市公司董事长，我频频看到他出席各种峰会和高端酒会，真心为自己有这样一个朋友而感到骄傲。

直到有一天我发现，不知道什么时候我被他取消关注了，而我还在默默关注着他的一举一动，充当着他几十万小粉丝中的一员。

当时我特别"玻璃心"，觉得人一往高处走，真是马上变得现实得可怕。

直到微信开发出来后，各种场合随随便便加来的好友暴增，过段时间就记不清谁是谁了，搞得我也越来越不敢随便发朋友圈了。

再后来有了分组可见功能，我大为喜悦，毕竟你前脚刚请了"例假"，不能紧跟着让你的老板和同事看到你在朋友圈里快乐地逛大悦城买买买。

这时我才慢慢了解到，一个人为何要跟那些不太熟悉的人群划界。

那些所谓的微信好友，很多都是出于形式需要加来的。
一场寒暄，嬉笑逢迎，互留了微信，并不代表你们从此真成了什么好友。
微信的好友列表，其实只是一个人的通讯录。
那么，对方删不删掉你跟你没什么关系，因为那是人家的通讯录。

3 |

那么对方会在什么情况下删你好友呢？

1）认为你太冒犯

随便聊了几句，发现话不投机，你却自以为熟络，认识不到对方跟你之间保持的距离，各种打探对方隐私。

2）感觉你太无趣

每天转发各路谣传，狂打鸡血，朋友圈状态高频更新自己的不开心或超开心。

3）见识差距太大

无论昔日是多么铁的小学同学，多年之后一定会产生社会地位的差距与阶级层次的差异。思辨与见识不对等，会让对方失去跟你继续发生交集的兴趣。

4）尝试绝交

决意绝交会直接拉黑，如果对方只是删除好友，说明还没到让对方厌恶的程度，暗暗存下一分"凡事留一线，日后好相见"之心。

5）避免犯贱

删除好友有时候不是因为讨厌，而是因为怕忍不住再联系。发给你一条微信，超过8小时没得到回复，于是删除你好友，因为对方不想忍受那种每隔一分钟就查看有没有被回复的煎熬了。

6）定期清理

咦，这个人是谁啊？我啥时候加的他？得，把一瞬间反应不过来的名字都删了吧，清理清理，反正不认识也不聊天。

4 |

被删除好友，最揪心的往往不是意识到自己和对方的问题后被对方无情删掉，而是你根本不知道问题出在哪儿就被自我感觉关系还可以的人莫名其妙地删掉。

那么，对方为什么会毫无征兆地删你好友？

每个人处理坏情绪的方式都不同。

其中一类人，会通过定期删除好友的方式来抵制恶劣情绪。

那些"躺尸"在好友列表里的人，多到一定程度时就会让这类人感觉到烦躁。

比如，有一天他生病了，一个人高烧挂水，无人相伴，大雪夜又平添凄凉，悲从中来——我要这几千好友何用？关键时刻没一个人来关心关心我！

于是，手指一颤，一阵狂删。

所以，被删除好友这事儿，你不是第一个，也不是唯一一个，你并不孤独。

每个人对人际关系的信任程度不同。

那些加上好友之后八百年不聊一次的"躺尸"人群，很容易冒犯一些人的安全界限，这些人只能通过拉黑或删除好友的方式来跟陌生世界划清界限，来保障自己内心世界的平静。

相信我，如果你被删掉，那不一定是你的问题。

但那些删掉的好友，就不要再加回来了。

点赞之交,不点赞了还交不交

1 |

你有没有遇到过一种情况——一个你认为跟你关系还挺亲密的朋友,从来不给你点赞,却在别人的状态底下点赞、留言得超级起劲儿。

今天一大早,一个叫芸的读者因为这事儿跟我吐槽了半天。

我比较好奇,真的会有人这么在乎别人的点赞吗?

"你以为她是在乎一个赞?她在乎的是无缘无故被鄙夷、被忽视、被敌视!"当我在饭桌上提起这事儿的时候,想不到一个朋友的反应也是如此之大。

不得不说,自从朋友圈生态出现之后,几乎每个人都遇到了一种莫名其妙的尴尬——不给玩儿得好的朋友点赞,反而去给别人点赞。

更有一种情况是,她明明是你的好朋友,却跑去给你讨厌的人点了赞;还有一种更绝的情况是,她明明是你的闺密,却跑去给你的前任或现任疯狂点赞、写留言，同时保持在朋友圈无视你的状态。

真是够了！这都是什么鬼？

到底为什么呀？

我们倒是可以试着从"点赞"这件小事儿思考一下人际交往中有意思的细节。

2 |

这个故事是我听来的，确切点儿说是春花讲给我听的。

春花跟如花曾是一对"铁磁"，但自打春花跳槽之后，如花突然就不怎么跟她互动了，她以为是因为如花这段时间不怎么用微信了。

直到有一天，在另外一个同事的状态底下看到了如花逐条回复的殷勤身影，她才幡然明白自己被如花疏远了。

最让她接受不了的是，如花疯狂"跪舔"的这个同事，她和如花曾经私下一起说尽了她的坏话啊！

那感觉就像是，吃了苍蝇一样。

耿直的春花并没有知趣地淡出，而是质问如花到底为什么。

你可能想象不到，如花给出的答案让春花震惊万分："你凭什么说我，你跳槽走了以后主动跟我说过几次话？还不是结交了新朋友就忘了老朋友！"

春花脖子一凉，心有戚戚——哦，原来是这样啊！

原来有时候不点赞，是在报复呀！

"点赞"这件小事儿里藏着很多有意思的小心思。

点一个赞可能只是为了提醒你,不点一个赞也可能只是为了试探你。

3 |

一个职场失意刚刚辞职的姑娘跑来问了我一个问题:"轨姐,你说同学和同事之间有什么不一样啊?"

我说,你离职之后,前同事就像是马上死在了你的朋友圈里似的,而老同学呢,还会隔三岔五诈个尸。

职场社交还是有点儿残酷的,对你热情不代表支持你,对你冷淡不代表讨厌你。

在一个公司共事时,你身居高位,大家赞你,那是需要;跟你搭档得来,大家赞你,那是礼貌;你离职后,大家不再赞你,那是不愿意跟没有交集的人继续相耗。

职场上认识的人,点赞与否的标准常常只是考量这个人对我来说是否还有用。

4 |

我们没办法在乎所有人,就只能对当下做减法,时间久了,你的朋友只会剩下两种:不可或缺或无须再见。

多好，反倒简单了。

那些单单靠点赞试探你、跪舔你、敌对你、讨好你的人，往往不会有什么与你江湖再见、义结金兰的可能。

无须再见的人，无须置气。

职场生态有职场特性遗留下来的社交特质，行业生态也有行业特性伪装出来的点赞丛林。靠互推名片换来的大咖，不等于是你的好朋友，靠上赶着点赞讨好你的"屌丝"，换不来你平等以待的情谊。

这世间就是有很多网络社交里的伪关系。

每个赞都有不经意的理由，每个不赞也都有各自的原因。

网络世界本来就虚幻如影，越是关系不确定的朋友，越是需要一个微妙的赞去验证。

朋友圈里的点赞之交跟亲密关系还差着十万八千里，不喜欢就单方面"绝交"，你爽就行。

不要滥用友情

1 |

我的十年闺密白花花今天突然告诉我,她妈妈就在我所住的小区里度假,如果我下雨天不爱做饭,可以过去蹭饭。

我虎躯一震:"什么?阿姨来了怎么不打个招呼?我接待接待啊!"

"嗨,我能搞定,干吗去麻烦你啊!"

"什么时候跟我都这么客气了?"

"这不是客气,我就是不想滥用咱俩之间这点儿珍贵的友情。"

我脖子一凉,竟然有一种凄凉的感动。

之所以说凄凉,是因为挚友之间,都会担心友情的情分早晚会用尽。

友情中的失望,常常都是源于高估了自己在对方心里的位置。

她不去滥用友情,也许只是因为害怕会失望。

2

有个医疗系统的朋友，因为在北京一家比较知名的儿童医院工作，她一下变成了老家一带的红人。

她妈妈也是个不懂拒绝的老好人，几乎整个镇上的人都知道，想去北京给孩子看病，就去她家托关系。

所以，她的日常就是安排各种八竿子打不着的亲戚吃住行、挂专家号，除了她妈妈大包大揽下的七大姑八大姨，还有一些她几十年不联系一次的发小。

用她的话来说，那是小时候上厕所都要手拉手一块奔赴的珍贵友情。

最近她却主动断绝了这么一份友情。

起因是，她的发小从她妈妈那儿要到了她的微信号后，就开始联络她给发小二姨家的小孩儿看病。她欣然接受并火速把事儿办好，事后两人好一顿共忆旧时光。

但让她纳闷儿的是，接下来她的发小几乎每个月都要安排两档挂号或者买处方药的活儿让她跑前跑后地忙活，有一天她大惑不解地问发小："这些都是你什么人啊？"

发小说："嘻，有的是亲戚的亲戚，还有的是朋友的朋友，我也不是很熟。"

她惊了："你都不熟，干吗去安排我给这些不认识的人跑关系啊？"

发小也不高兴了:"你这话说的,我最好的朋友在大医院管事儿,我以你为荣啊,举手之劳帮帮这些老乡怎么了?"

她沉默,然后果断拉黑。

听她妈妈说,这个发小最近十分忙碌,村头村尾家长里短地唠,一边奶孩子一边唾沫星子横飞地骂她骂到吐血。

她跟我说,经了这事儿,她都有点儿绝望了,她未曾让这个发小为自己做过一件事儿,反倒为了她一次次"举手之劳"的随口答应跑断了腿,为什么到头来,自己却落得个亏欠她的下场呢?

总有一些自恃跟你关系熟络的"朋友",无数次请你帮忙,你每次都一口答应,但只要你敢拒绝一次,他立马翻脸骂你不近人情。

对于这种无限度滥用友情的人,最好的相处之道是,保持距离。

3 |

那么,是否存在一种友情,可以任你"呼之即来,挥之即去",也能时光不老,我们不散的呢?

存在。

但每个人都有自己的底线,说不计较,是因为没碰到对方的底线。

天长地久的友情,还是要讲究势均力敌,有来有往。

毕竟谁也不欠谁什么。

不要以为你把内心的小秘密都倾诉给对方了,对方就欠你一场源源不断的旷世相助。

你这些不愉快、最隐秘的悄悄话，说白了，对别人来说都是一些情绪垃圾，毫无价值，凭什么要让他们无限包容你？

成人之间的友情很脆弱，不要随随便便因为一个并不相熟的外人，就要一次次去麻烦你的生死之交。

他说不计较，但内心却承担着友情分量上的消耗。

你耗完了锦上添花，就再也等不来雪中送炭。

所以，最好不要滥用友情，再好的朋友，也要永远保留一分尊重。

如此才能如三毛所说，他日偶尔话起，而心中依然温柔。

再好的朋友，也论功过

1 |

给你们讲个故事。

之前某明星人设终于全面崩塌，无数网友大骂其为渣男。之后我朋友圈里有个姑娘发了一条这样的文字："还有人黑×××吗？骂他渣男的请自觉删除我，无论发生什么，我都会永远支持他。"

过了一会儿，她又好死不死地群发了一条信息来检测，这一检测不要紧，她整个人都崩溃了。

她惊讶地发现，好几个平日里跟她关系特别好的朋友竟然果断删除了她。

我也不知道什么时候加这姑娘为好友的，正在我也准备删除她时，她向我发来了求助。

"轨姐，她们为什么要删除我？难道我声援自己的'爱豆'有错吗？"

我说："你声援自己的'爱豆'没错，但你让对方看清了你们之间水火不容的思想分歧，就怨不得别人。"

"可我这样也不是一天两天了啊！"

没错，每一个最终放弃你的朋友，你根本不知道他背地里到底包容了你多少次。

2 |

刚上大学那会儿，一个发小兴奋地打电话说要来找我玩儿，我乐呵呵地表示欢迎。

她当年小学毕业后就去外地打工了，没再继续上学，虽然分道扬镳得比较早，但是以往每逢过年她都会去我家嗑会儿瓜子、聊聊天，我说说学校里的新鲜事儿，她说说打工世界的江湖，然后终年不见。

这次她来找我，我自然满心欢喜。

那天我接到她后把她安顿在学校对面的旅店，她皱着眉头环顾四周，问："我就住这儿？"

我羞涩地回答："这是我学校附近最好的了。"

她不太愉悦地说："行吧！"

我当时一个月的生活费只有600块，为了她的到来，我把自己攒了很久的稿费都拿出来付她的住宿费了，却只换来她一句"行吧"。

接下来的几天里，只要我没课，她就要求我带她出去玩儿，周边景点的门票、出行交通、下馆子吃喝，连旅游区纪念品，她都理所当然地一律等着我为她掏钱。直到她一周内就花完了我所有生活费和稿费依然没有要走的意思,我只好含蓄地劝她这几天自由活动吧,我要备考了。

她老大不愿意地说:"我大老远地来了,你也不多陪陪。那要不这样吧,你给我买票,我回去得了,在这儿待着也没意思。"

我这是做了什么孽啊!

我没忍住,试探性地问了句:"你这些年打工不是挣了一些钱吗?是不是遇到什么困难了?"

她竟然先火了:"我的钱都得攒着买房子呢!咱们这么好的朋友,你尽尽地主之谊不应该吗?原来钱真的可以看清一个人!"

这是什么强盗逻辑?

我颔首微笑,暗骂自己傻后,跟这位朋友从此断绝了联系。

年少时,我们总是前怕狼后怕虎。

怕失去,也怕惹人生气,总觉得要好的朋友都应该不计得失、不分彼此,但后来才慢慢地发现,这种界限不清的失衡与一厢情愿,才是真正毁灭天长地久的最大元凶。

而那些把精明都用在你身上的"朋友",压根儿就不是什么好玩意儿。

3 |

刚来大理休整时,我遇到了一个刚离婚的姑娘,跟我住同一个客栈。

有一天她回来得比较晚,醉醺醺地提着几罐啤酒,敲开我的房门,非要拉着我这个才认识一周多的人跟她聊聊不可。

就在那天晚上,我知道了她的故事。

为了嫁给一个穷小子,她从家里要了200万出来重新组建家庭,并因此跟父母断绝了关系。她说穷小子一米八五的大高个儿,人看上去清瘦又老实,他们是网上认识的,见面互相交代了家底后,他就对她展开了疯狂的追求。

她家里人说穷小子就是图她家的钱,死活不同意他们在一起。她不听,向家里要了些钱后直接跟男人远走高飞了。后来她怀孕了,这男的在得知这种情况后,骗走了她全部的家当,跟别人买房子结婚去了,现在完全找不到人了……

她说这些的时候,说两句就哭,还捂着肚子说,她一开始还想干脆生个孩子自己养着,后来想想,没个爸爸,小孩儿也挺可怜的,最终还是没有留下。

她哭得一把鼻涕一把泪,然后在我屋里的瑜伽垫上睡着了。

第二天一大早,我醒来的时候,她已经不见了,我正纳闷儿着,她提着两个大柚子又来敲我的门,还一个劲儿地向我道歉。

我一脸不解,完全不知道她错哪儿了。

她说,因为她给我灌输负能量了。

我赶紧摆摆手说没关系,如果她愿意,可以继续来找我倾诉。

她坚持要我把柚子收下,说了句"谁也没义务当谁的垃圾桶,我不想失去你这个朋友"。

我当时不明白这种事儿怎么会上升到"失去朋友"的高度。

直到后来我才慢慢了解，当你郁闷，当你抱怨，当你喋喋不休，一次两次，朋友会劝劝你，但如果你三天两头向对方倒苦水，整天往人家身上发泄负能量，对方就会烦了你，想尽办法离你远远的，多好的朋友也不例外。

因为，再好的朋友，也论功过。

4 |

有个姑娘这么形容她的负能量朋友："有段时间我看到她的来电或者微信消息就头疼。"

所以，但凡是能够交得长久的朋友，需要双方都识相。

两家一块出去旅游，如果处处都是一家掏钱，就没下次了。

平常不联系，心情一不好就半夜喊人出来陪你，次数多了，你再打电话，对方就会推说有事儿走不开了。

人家客气一句"你我之间无须算得那么清楚"，但你究竟占了人家多少便宜、蹭了人家多少好处、占用了人家多少时间，人家心里门儿清，你如果心安理得地继续索取，那人家必然就会慢慢疏远你。

你不能仗着关系好，就不考虑对方的感受。

你不能仗着关系好，就一直肆无忌惮地消耗对方。

你不能仗着关系好，就无视人与人之间的长久制衡法则。

因为，再好的朋友，也论功过。

高考完建议去做的16件事儿

从高考倒计时100天一直到高考结束，有一个高三的男孩儿一直在我的微信后台"打卡"，每天的内容就是"祝我好运"，头像是一个白衣少女光脚丫走在海滩上。

他今天突然沮丧地问我："轨姐，你高考完之后都干啥啦？不知道为啥，考完后的日子没有想象中那么爽，总觉得空荡荡的，不知道该干点儿啥。"

我一笑，说："正常，高考完睡觉一定不会太香。"

他惊诧地问："这你都知道，为什么啊？"

"因为你一直在等待——等成绩、等填志愿、等选专业、等录取结果，没办法像你期待已久的那样心无旁骛地睡他个昏天暗地。"

大概多数同学都有过这样的美好幻想：等高考完一定要充分利用成绩出来前难得的小二十天去旅行、通宵玩网游、考驾照、健身、读完多少本书、打工攒钱……结果不知道为什么，最终一个暑假却一直在恍恍惚惚、吃吃喝喝睡睡……

高考是很重要，会影响人生，但不会决定人生。

高考结束到出成绩前的小二十天，不长不短，倒是真可以做一点儿以后可能会帮到你的事儿。

1）把一首适合自己的歌练得炉火纯青，它在大学军训的时候会帮到你

上大学后，你跟同班同学彼此切磋交流的第一个项目就是军训。说来也是奇怪，那些在军训期间表现比较活跃的同学，多数在拉歌环节中得以闪耀，他们中的相当一部分还会莫名其妙地成为班委会成员。

陌生环境中的社交规则常常都很先入为主，带节奏总比被带节奏强。

2）感谢一下你的爸爸妈妈

爸妈是你能够苦撑到今天的最大功臣。

在这之前他们费尽全力地想要帮到你，在这之后可能会越来越无能为力，以后要靠你自己。之前一个月回家一次觉得漫长，以后去了别的城市读大学，回家的频率通常会变成一学期一次，起初是你不习惯，后来会是他们不习惯。

而且，他们这辈子都没办法习惯你不在身边，可又不得不任你远去。

形式不重要，不一定非得给爸妈洗一次脚、做一次饭才算是惊天动地的孝子戏。

只要别整天在外头野，多花点儿时间陪他们吃吃饭、遛遛弯儿、聊聊天，便是很好的感谢。

3）换一个自己一直想尝试却没能尝试的造型

烫卷、高跟鞋、连衣裙……幻想中的小仙女是啥样的，你就可劲儿整。

改头换面有时候就是这么肤浅，你给自己换个发型都有可能提振信心。

不要怕偶像包袱太重，小轨高考完第一件事儿就是拉直长发、染了黄毛，现在想来别提多磕碜了，但当时觉得这是对我高中三年马尾辫的最酷反叛。

4）去表白吧

虽然据我所知，这种高考后的表白失败率蛮高的，但有些事情就是要跟高考一起结束。

而且，如果你表白失败，那么整个夏天也许你都不会再热了。

5）确认一下内心想读的专业

在这之前，你听过各种学姐学长、老师家长给你描述某个专业有多好，但那只是听说。

你现在有大把的时间，去查资料，去研究这个专业的优势与弊端。

别等上了大学后才抱怨自己读了一个不喜欢的专业，全怪当初听了爸妈的意见。你只有真正了解了一个专业，才会在选择的时候有理有据地跟你爸妈谈谈。

爸妈不会随便阻止你实现梦想，只怕你稀里糊涂不知好歹。

6）毫无罪恶感地去追剧吧，最好找点儿像样的美剧、英剧

高三学习紧张的时候，几乎不敢沾连续剧，怕上瘾。

现在你有大把的时间了。

连续剧本身无罪，好剧还会提供很多有用的知识点和看问题的不同视角。

据我所知，很多爱读书的孩子通常都对某一类电影有着独特的钟情与一定的阅片量，说不定还能帮你遇到对的人呢！

推荐几部我看过的不错的影视剧吧：《硅谷》、《黑镜》系列、《权力的游戏》。

顺便还可以提高一下英语水平。

7）抄写一本你喜欢的闲书，经典不经典无所谓，只要能让自己平静等待并持续去做

如果心存期待，就会容易焦虑。

我焦躁不安的时候，根本没办法思考，这时就会大段大段地抄写喜欢的名著，直到沉浸其中。

尘土衣冠，江湖心量。

你总要找到一个适合自己的办法跟盲目焦虑的自己和解，就像安迪不安时会喝水，我不安时会抄写，你不安时也要找到一个出口。

8）多跟积极的人聊天

负能量的人会带偏你。

不管是同学、学长还是家人，远离那些整天逼你估分、警告你高考失败有多可怕的人。

9）找点儿名校名师的公开课看看，了解一下情商

不少高中生很善良，但是因为长久拘泥于做题和比分的氛围中，根本不了解什么是情商。

但大学就像是个小社会，有点儿基本的情商会让你过得开心一点儿。

毕竟整天被室友排挤的滋味你不一定能承受得住。

很多TED公开课和心理学公开课都涉及情商主题，这些小视频讲得非常浅显，并不费脑子，但对于刚脱离高中生活的同学来说，多多少少会有触发作用。

10）试着独处4小时，不需要找人聊天，不需要刷朋友圈

这大概是个良好的开始。

因为，越长大，你越需要独处的能力，能做好，你便强大。

高中时候，上个厕所都要呼朋唤友、三五成群。

到了大学，你会发现，一个人吃饭、一个人去图书馆、一个人去参加社团活动，这种落单独行的情况会经常发生。

11）保养一下脸，控制一下体重

人的审美一直在变化，高中的时候，班里谁学习好，我们就觉得谁好看。

大学里男生像是一夜开窍，女生的形象也经历了一生中最匪夷所思的巨变，大家开始讨论美白、毛孔收缩、腋下脱毛、大长腿和谁的屁股更翘。

别埋怨世俗的审美观越来越肤浅，谁都避不开成熟带来的转变。

大学啊，还是挺看脸的。

内外兼修总不会错。

12）找到自己的兴趣点，争取让自己有一技之长

大学里的同学关系没有高中时候那么好搞。

最好的办法就是多花点儿时间去学点儿一技之长，以备日后不爽的时候少跟他们废话。

有点儿与众不同的才艺总会让自己硬气点儿，俗称核心竞争力。

13）去教室里你坐过的位置再多坐一会儿

村上春树说，在学校里，我们学到的最重要的东西，就是"最重要的东西在学校里学不到"这一真理。

别仇恨学校对你的荒废，多数人最终还是自己成全自己。

14）可以跟同学结伴旅行，但最好不是奇数出行

谁知道那个落单的会不会是你呢？别自己找不自在。

15）英语还是每天多练练别扔下的好，因为到了大学要分A、B班

高中阶段，专业课水平大概算是你的人生巅峰了，千万别荒废了。

你体验过快慢班不同的师资配备，大约也了解了不同老师之间的差距。

16）如果自知考得很差，就早点儿调整心态备战二次高考

高考不会厉害到能决定你成为一个怎样的人，所以你不必因为一次不如意就万念俱灰。

比如像小轨这样连"重本线"都没上的普通学生，再回高中母校，也能是以"人气女作家重返高中母校"的方式。

可能有点儿讽刺。

但事实是，任何名牌大学也不会让人人都混得风生水起，高考失利再来一年也未必不是成就你一生转折的意义。

人这一生，没有十全十美，怎样都会有遗憾。

白云往来青山在，重要的是你永远不要因为别人的光鲜而否定自己努力的价值。